IHRE ENTFÜHRTE BRAUT

BRIDGEWATER MÉNAGE-SERIE - BUCH 1

VANESSA VALE

Copyright © 2015 von Vanessa Vale

ISBN: 978-1-7959-0064-5

Dies ist ein Werk der Fiktion. Namen, Charaktere, Orte und Ereignisse sind Produkte der Fantasie der Autorin und werden fiktiv verwendet. Jegliche Ähnlichkeit mit tatsächlichen Personen, lebendig oder tot, Geschäften, Firmen, Ereignissen oder Orten sind absolut zufällig.

Alle Rechte vorbehalten.

Kein Teil dieses Buches darf in irgendeiner Form oder auf elektronische oder mechanische Art reproduziert werden, einschließlich Informationsspeichern und Datenabfragesystemen, ohne die schriftliche Erlaubnis der Autorin, bis auf den Gebrauch kurzer Zitate für eine Buchbesprechung.

Umschlaggestaltung: Bridger Media

Umschlaggrafik: Bigstock- Lenor; Period Images

HOLEN SIE SICH IHR KOSTENLOSES BUCH!

TRAGEN SIE SICH IN MEINE E-MAIL LISTE EIN, UM ALS ERSTES VON NEUERSCHEINUNGEN, KOSTENLOSEN BÜCHERN, SONDERPREISEN UND ANDEREN ZUGABEN ZU ERFAHREN.

kostenlosecowboyromantik.com

1

MMA

„Du kannst mit ihr machen, was du willst. Ich will nichts mehr mit ihr zu tun haben."

Das waren die ersten Worte, die ich verstehen konnte, als ich wieder aufwachte. Meine Gedanken waren noch ungewöhnlich verschwommen. Alles das, was zuvor gesagt wurde, war unverständlich; fast so, als wären meine Ohren voll Watte. Meine Augen waren so schwer wie Blei, dass ich sie kaum öffnen könnte, und meine Zunge schmeckte bitter. Mein Kopf dröhnte im Takt meines Herzschlags. Ich wollte aus der sicheren Wärme meines Schlafs nicht erwachen.

„Sicherlich könnte sie leicht genug vergeben werden. Eine übereilte Ehe. Ihr Gesicht und ihr Körper sind für jeden Mann mehr als attraktiv", antwortete eine Frau auf die eindringlichen Worte des Mannes.

„Nein!" Sein Ton war emphatisch und scharf. „Das wird nicht ausreichen. Es ist mein Geld, wenn ich bitten darf."

Mein Kopf wurde klarer und ich erkannte die Stimme. Es

war mein Stiefbruder, Thomas. Mit wem sprach er da? Und warum? Das Thema war merkwürdig. Alles war merkwürdig. Warum sprachen sie in meinem Schlafzimmer, während ich schlief? Es war an der Zeit, die Antwort zu finden.

Schwankend richtete ich mich im Bett auf, während ich mit den Wimpern klimperte und sich meine Augen dann erstaunt weiteten. Das war nicht mein Schlafzimmer! Die Wände waren nicht eierschalen-blau, sondern grell rubinrot. Das Zimmer war prunkhaft und leicht beleuchtet. ebenfalls rote Gardinen aus Samt hingen an den Fenstern. Das Zimmer war mit Dekadenz und Extravaganz erfüllt. Ein geschmackloses Werk. Ich rieb meine verschlafenen Augen, um sicherzugehen, dass ich nicht träumte und brauchte einen Moment, um meinen Kopf klar zu bekommen.

Thomas stand mit aufrechter Haltung stramm an der Tür. Seine Handflächen zeigten nach außen und er sprach mit einer Frau, die über einen Kopf kleiner war. Sie trug ein smaragdgrünes Kleid aus Satin, das ihren üppigen Ausschnitt fast überquellen ließ und ihre schmale Taille hervorhob. Ihr tiefschwarzes Haar war auf kreative Art und dem neusten Trend entsprechend mit kunstvollen Löckchen, die in den Nacken fielen, hochgesteckt. Sie war hübsch und hatte schneeweiße Haut. Ihre Lippen waren leicht gefärbt und ihre Augen mit Kajal verdunkelt. Sie war so übertrieben wie ihre Umgebung.

Sie bewegte sich hochmütig auf einen großen Tisch zu, wo sie es sich vor einem kalten Kamin bequem machte und behutsam die obere Schublade öffnete. Ihre Augen wanderten zu mir und sie bemerkte, dass ich wach war, machte aber keine Anmerkung dazu. Sie nahm einen kleinen Stapel Scheine und übergab ihn an Thomas. Er war ein großer Mann mit breiten Schultern. Sein Auftreten war eindrucksvoll, so dass er selbst die stärksten aller Männer problemlos einschüchtern könnte. Aber nicht diese Frau. Sie zeigte sich unbeeindruckt und hatte kein gekünsteltes Lächeln auf den Lippen. Zum

Geschäftsabschluss hob sie nur auf hochnäsige Weise ihr Kinn an.

„Thomas." Meine Stimme klang kratzig und ich räusperte mich. „Thomas", wiederholte ich, „Was geht hier vor sich?"

Seine dunklen Augen verengten sich, als er seinen Blick auf mich lenkte. Reiner Hass spiegelte sich in den tintigen Tiefen seiner Augen wieder. Gewöhnlich war nur Desinteresse da gewesen; diese Wut war neu. Sein Vater hatte meine Mutter geheiratet, als ich fünf und Thomas fünfzehn war. Beide Elternteile waren Jahre zuvor verwitwet. Die Ehe wurde mehr wegen des Geldes als auf Basis von Zuneigung geschlossen und als sie gestorben waren – er durch einen Sturz vom Pferd und sie ein Jahr später als Folge von Schwindsucht – wurde ich unter die Vormundschaft von Thomas gestellt. Obwohl er mir gegenüber nie liebevoll oder sonderlich interessiert an mir gewesen war, hatte ich nichts lieber gewollt.

„Du bist wach", murmelte er mit einem finsteren Blick. „Die Laudanum-Dosis war nicht ganz so stark, wie ich es mir vorgestellt hatte."

Mein Mund öffnete sich vor Erstaunen. Laudanum? Kein Wunder, dass ich Probleme hatte, alles zu verstehen. „Was – ich verstehe nicht." Ich strich mir mit der Hand durch die Haare. Ich hatte einige Haarnadeln aus meiner strengen Hochsteckfrisur verloren und einige lange Strähnen strichen mir den Nacken. Ich leckte mir über meine trockenen Lippen und blickte zwischen der unbekannten Frau und meinem Thomas hin und her.

Mein Stiefbruder war auf eine konservative, strenge Art und Weise ein attraktiver Mann. Er war präzise, prägnant und exakt. Streng würde es auch treffen, genauso wie ernst. Sein Anzug war schwarz, seine dunklen Haare lagen mithilfe von Pomade glatt und glänzend an und sein Schnurrbart war voll, aber doch gnadenlos gepflegt. Manche sagten, dass wir uns ähnlich sahen, obwohl wir nicht wirklich verwandt waren. Wir hatten beide hellblaue Augen, unsere Haare waren aber dunkel wie die Nacht, allerdings waren unsere Mienen doch sehr unterschiedlich. Thomas' Emotionen passten zu seiner Kleidung: Nüchtern und angespannt. Eine Eigenschaft, die man auch in seinem Vater wiederfinden konnte. Ich hingegen wurde als gelassener, sozusagen als Friedensstifterin in der Familie, angesehen. Seit dem Tod unserer Eltern, lebte ich mit Tomas und seiner Frau, Mary, und ihren drei Kindern zusammen. Als Teil eines hektischen Haushalts konnte ich im Gegensatz zum weniger großzügigen Wesen meines Bruders immer einen Anschein von Unbeschwertheit bewahren.

Thomas seufzte, als ob er seine Zeit mit einem widerspenstigen Kind verschwand. „Das ist Frau Pratt. Ich überschreibe ihr meine Vormundschaft."

Frau Pratt sah nicht wie irgendeine mir bekannte, verheiratete Frau aus. Keine, die ich kannte, trug ein Kleid in einer solchen Farbe, aus einem solch schimmernden Stoff oder mit einem so gewagten Schnitt. Ihr Ausdruck blieb neutral, als ob sie nicht in diese Unterhaltung einbezogen werden wollte.

„Ich brauche keinen Vormund, Thomas." Ich drehte mich, um meine Beine über die Seite der Liege, auf der ich geschlafen hatte, zu schwingen. Nicht geschlafen, betäubt. Das Möbelstück war ein ungewöhnliches Objekt in, so mutmaßte ich, Frau Pratts Büro. Das war kein Gesprächsthema, bei dem man liegen musste, und ich hatte das Gefühl, komplett benachteiligt zu werden. Ich richtete mein Kleid und versuchte mich herzurichten, aber ohne einen Spiegel oder einen Kamm konnte ich nicht viel machen. „Wenn du das Gefühl hast, dass im Haus nicht genügend Platz für mich ist, kann ich durchaus etwas Eigenes finden. Ich bin ja nicht mittellos."

Unserem Vater gehörte eine Goldmine am Stadtrand von Virginia City und für eine Zeitlang strömte Geld ein. Mit gut platzierten Investitionen, die unsere Familie nicht wollte. Jegliche Verschwendung wurde durch die Eisenbahnstrecke gebracht. Selbst zu einer solch abgelegenen und kleinen Stadt in Montana Territory. Dieses Schicksal hatte sogar dabei geholfen, Thomas' Stellung in der Regierung der Stadt zu finanzieren. Sein Interesse an Politik und eine Zukunft in Washington forderten, dass die Gelder gut in Spenden investiert wurden.

„Nein. Dein Geld ist weg." Er betrachtete dabei die Fingernägel seiner Hand.

Seine Worte machten mich sprachlos. Ich war fassungslos. Das Zimmer drehte sich für einen Moment und ich hielt mich stützend an der Liege fest. Das Geld war weg? Das Konto war für das, was ich je gebraucht hätte, voll genug gewesen. „Weg? Wie?"

Er zuckte gleichgültig mit der Schulter und blickte nur flüchtig zu mir. „Ich habe es genommen."

„Du kannst dir nicht mein Geld nehmen." Ich riss meine Augen auf und mein Magen drehte sich, nicht nur wegen der üblen Nebenwirkungen der opiathaltigen Droge, sondern auch wegen der Worte und dem banalen Tonfall meines Bruders.

„Das kann ich und das habe ich." Als dein Vormund ist es mein Recht, deine Gelder zu verwalten. Die Bank kann mich nicht davon abhalten."

„Warum?" fragte ich ungläubig. Er wusste, dass ich nicht nach der Bank fragte, sondern nach seinem Anspruch auf mein Erbe.

Frau Pratt stand nur da und hörte zu. Sie stütze Ihre Hände an ihrer Taille. Es schien ganz so, dass ich keinen Fürsprecher hatte.

„Du hast etwas gesehen, was du nicht hättest sehen sollen. Ich muss dich loswerden."

„Mit–" Nachdem ich seine Anspielung verstanden hatte, blieb ich still. Ich *hatte* etwas gesehen, was ich nicht hätte sehen sollen. Neulich hatten Mary und ich die Kinder zur Schule gebracht, bevor wir zum Hilfstreffen der Damen gehen wollten, um die Pläne für das Sommerpicknick der Stadt zu besprechen. Eines der Kinder hatte seine Tasche mit dem Mittagessen vergessen und ich hatte mich bereit erklärt, nach

Hause zurückzugehen und sie zu holen, während Mary bereits zum Treffen ging. Auch wenn derartige Funktionen langwierig waren, war ich für eine Pause von den Bestrebungen älterer Damen, die versuchten einen passenden Partner für mich zu finden, dankbar. Mit meinen zweiundzwanzig Jahren und unverheiratet war ich eine Art Lieblingsprojekt für sie. Sie hatten sich das Ziel gesetzt, mich vor meinem nächsten Geburtstag verheiratet zu sehen. Ich hingegen war nicht in einer solchen Eile, besonders wenn ich mir die arroganten und unsympathischen Männer anschaute, die in Erwägung gezogen wurden.

Anstatt den Koch in der Küche zu finden, fand ich Clara, das Hausmädchen von oben, wie sie auf dem Küchentisch lag. Ihre graue Uniform war zur Taille hochgeschoben und ihre weiße Baumwollunterhose hing an einem Knöchel, während Allen, Thomas' persönlicher Sekretär zwischen ihren gespreizten Beinen stand. Seine Hose war offen und so lag seine Männlichkeit, die er kraftvoll in Clara stieß, frei. Ich blieb ruhig und versteckt im Eingang stehen. Das Paar bekam nicht mit, dass ich da war und bei ihren sexuellen Aktivitäten zusah. Im Allgemeinen wusste ich, was zwischen einem Mann und einer Frau geschah, aber ich hatte es noch nie erster Hand beobachtet und insbesondere nicht so etwas. Nicht auf einem Küchentisch!

Meine Mutter hatte mir, bevor sie gestorben war, erklärt, dass es nachts, in der Dunkelheit getan wurde und nackte Haut nur minimal – und nur so viel, wie nötig – gezeigt wurde. Aufgrund der Intensität und Stärke, die von Allens Bewegungen ausging, dachte ich, dass sich Clara beschweren würde oder Schmerzen hätte, aber der Blick auf ihrem Gesicht und die Art und Weise, wie sie ihren Kopf nach hinten warf und auf die hölzerne Oberfläche schlug, ließ mich anders denken. Er befriedigte sie. *Es gefiel ihr!* Mutter hatte gesagt, dass es etwas war, dass man über sich ergehen lassen müsse, aber Clara bewies mir das Gegenteil. Der Blick der Ekstase in ihrem Gesicht konnte nicht vorgetäuscht werden.

Ich spürte ein Prickeln zwischen meinen Beinen bei der Vorstellung, dass mich ein Mann auf solche Weise füllt und mich alles, außer das, was er tat, vergessen ließ. Als sich Clara über ihre bedeckten Brüste strich, wurden meine Nippel hart und schmerzten unter dem Verlangen, berührt zu werden. Sie genoss nicht nur Allens Aufmerksamkeit. Die Art und Weise wie Sie Ihren Rücken wölbte und schrie drückte aus, wie sehr sie es *liebte*. Ich wollte mich so fühlen wie sie. Ich wollte vor Vergnügen schreien. Die Vorstellung, von einem Mann so angefasst zu werden, erregte mich. Eine mir unbekannte Feuchte sickerte aus meinem weiblichen Kern heraus und ich griff nach unten, um meine Hand über mein geschwollenes Fleisch und durch das starke Gewebe meines Kleides zu streichen. Als die Bewegung in mir einen mir nicht vertrauten Stoß aus Lust auslöste, zog ich meine Hand in betäubter Überraschung zurück. Wenn meine Berührung allein schon ein solch wunderbares Gefühl verursachen konnte, wie würde es sich dann anfühlen, wenn es ein kräftiger Mann für mich täte?

Allen stieß noch einige Male heftig zu und versteifte und stöhnte dann, als ob er verletzt worden war. Als er sein pflaumenfarbiges Glied, das dank Claras Körper glitzerte und feucht war, herauszog, sah ich nicht nur ihre Schamlippen, sondern auch reichlich weiße Creme. Er hatte ihre Füße auf den Rand des Tisches gesetzt, so dass sie entblößt und verletzbar war. Allerdings schien es die junge Frau nicht zu interessieren, entweder weil sie zu sehr befriedigt wurde, dass Sie nicht darüber nachdachte, Anstand zu zeigen, oder weil sie keinen hatte.

Ich leckte meine Lippen bei dem Anblick ihrer Lüsternheit. Ihr Körper war gesättigt, voll und gut benutzt. *Ich* wollte mich so fühlen und ich wollte, dass es ein Mann machte. Nicht Allen, aber ein Mann, der mir gehören würde.

Mein Verlangen verflog allerdings schnell, als Thomas, der vorher von meiner Ansicht versteckt war, vortrat, um Allens Platz zwischen Claras Schenkeln einzunehmen. Er lehnte sich nach vorne, griff die Vorderseite ihres Mieders und riss es auf, so dass alle Knöpfe durch den Raum flogen. Er senkte seinen Kopf zu ihren entblößten Nippeln und saugte an einem und dann an dem anderen. Ich hatte keine Ahnung, dass ein Mann so etwas tun würde.

Seine Hände wanderten zum Knopf seiner Hose und er zog auch sein Glied heraus. Es war größer als Allens, länger und Lusttropfen traten aus der Spitze hervor. Der Sekretär stand an der Seite. Er hatte seine Hose wieder hochgezogen und er schaute mit verschränkten Armen zu. Thomas hatte sich in Position gebracht und bewegte seine Hüften so, dass er tief in Claras Körper eindringen konnte. Ihr Rücken wölbte sich vom Tisch weg, als Thomas sie füllte und ihr Stöhnen, das den Raum erfüllte, war ein Zeichen ihres Vergnügens.

Ich musste einen Ton, ein Keuchen, irgendein Geräusche gemacht haben, dass sich von der Frau unterschied, mit der er es trieb, da er seinen Kopf drehte und mich um den Eingang herumspähen sahen. Anstatt aufzuhören, stieß er noch härter in sie ein und der Kopf der Frau schlug auf die harte Oberfläche.

„Schau nur zu, es stört mich nicht", sagte Thomas zu mir. Er grinste und platzierte seine Handflächen auf dem Tisch, um noch tiefer eindringen zu können. „Um genau zu sein, mag es mir durchaus gefallen, dass eine Jungfrau etwas lernt."

Bei seinen Worten lief ich weg und vergaß dabei die Tasche mit dem Mittagessen.

Das war nun einige Tage her und ich hatte Thomas aus bloßer Scham meinerseits gemieden. Ich hatte nicht gewusst, was ich hätte sagen sollen oder wie ich ihm überhaupt noch in die Augen schauen könnte, da ich nun nicht nur wusste, dass er gemeinsam mit seinem Sekretär Frauen flachlegte, sondern auch, dass er seine Eheversprechen gebrochen hatte. Ob Mary von seiner Indiskretion wusste? Zumal ich nur ahnen konnte, dass das nicht das erste Mal war. Das Duo schien sich bei dem ganzen Vorgehen durchaus wohlzufühlen und das deutete auf eine langfristige Vertrautheit hin. Ich hatte mich bereitwillig von Clara und Allen distanziert.

„Ich sehe, dass du weißt, wovon ich spreche. Ich muss verhindern, dass du das, was du da gesehen hast, in der ganzen Stadt weitertratschst. Außerdem sind deine voyeuristischen Tendenzen nicht normal für eine Frau deines Status'. Mit derart unsittlichen Neigungen kann ich dich zu Recht nicht mehr mit einem Freund von mir verheiraten."

2

MMA

ER ZISCHTE die letzten Worte so, als ob ich und nicht er diejenige gewesen war, die in diese grundlegenden, sexuellen Handlungen involviert gewesen war. Ich wurde beschuldigt, unsittliche Neigungen zu haben? Er war derjenige, der einen sorglosen Umgang gegenüber seiner Frau zeigte!

„Voyeurismus? Ich hätte nicht zugeschaut, wenn ich das gewusst hätte. Es war mitten am Morgen in der Küche. Thomas, ich würde niemals–"

Er wedelte mit einer Hand durch die Luft und ließ mich nicht aussprechen. „Es ist ohnehin irrelevant. Dich um mich zu haben ist kein Risiko, das ich für meine Karriere in Kauf nehmen möchte. Eine Äußerung über unangemessenes Verhalten und meine Chancen, nach Washington zu kommen, sind dahin."

„Männer haben Geliebte, Thomas. Es würde niemanden überraschen", entgegnete ich. „Natürlich muss es Mary wissen."

Er lachte kalt. „Mary? Ich kümmere mich weder um meine Frau noch darum, was sie denkt. Sie würde niemals schlecht über mich sprechen. Ich bewege mich innerhalb meiner Rechte, um das hier einmal klarzustellen."

Ich zuckte bei dem Gedanken, wie er sicherstellte, dass sie ruhig blieb, zusammen. Mary war kleinlaut und ich war dabei, herauszufinden, warum. Mary hatte keine Grundlage, sich über die kleinen Sünden ihres Ehemanns zu beschweren oder sogar zu protestieren. Eine Ehefrau war komplett der Gnade ihres Ehemanns unterstellt.

„Sicherlich machst du dir Sorgen darüber, dass Allen oder Clara auspacken könnten." Ich war schließlich nicht die einzige, die seine außerehelichen Tendenzen aufdecken könnte.

Thomas rollte mit den Augen. „Bitte, Clara wäre leicht loszuwerden und Allen weiß, wo sein Platz ist. Er ist genauso sehr darauf aus, nach Washington zu kommen, wie ich."

Ich konnte mir nur zu gut vorstellen, wie er Clara *loswerden* würde, wenn er ein Familienmitglied einfach so an Frau Pratt übergab. Ich fing an, meine Hände zu reiben. Thomas schien es ernst damit so ernst zu meinen wie alles andere auch. Er räumte jedes Problem oder jedes Hindernis einfach skrupellos aus seinem Weg. Es schien, dass er mich gerade auf diese Art und Weise loswurde.

Ich musste nicht dableiben und auf ihn hören. Ich ging auf die Tür zu, um zu gehen, aber hielt eine Hand hoch. Du hast kein Geld. Kennst niemanden. Nur die Kleidung, die du anhast."

Verzweifelt schüttelte ich meinen Kopf. „Das ist doch verrückt, Thomas!" Frustrierte wedelte ich mit meinen Händen durch Luft. „Ich habe Freunde, eine Schwägerin, Nachbarn! Ich habe Vaters Geld! Ich kann geradewegs durch diese Tür gehen und jemanden auf der Straße treffen und sie werden mir helfen."

„Neben deinem Geldmangel, befinden wir uns zudem auch nicht mehr in Helena."

Meine Arme fielen bewegungslos an meine Seite. Mein Magen drehte sich. „Was? Das kannst du nicht tun. Ich bin volljährig.

„Das stimmt, aber im Testament deines Vaters stand, dass ich die Kontrolle habe, bis du fünfundzwanzig oder verheiratet bist. Da du erst noch heiraten musst, kann ich mit dem Geld machen, was ich will."

„Aber du hast alle Anwerber vertrieben!" schrie ich und bemerkte schließlich, dass dem ein Plan zugrunde lag. „Du hast das alles geplant."

Er lächelte, wenn auch kühl. „Wir sind in Simms, bei Frau Pratt." Wenn du durch diese Tür trittst, landest du auf den Straßen einer fremden Stadt ohne einen Fürsprecher und ohne Alternative, außer zu ihr zurückzukehren, um zu überleben. Außerdem bezweifele ich, dass sie dich gehen lassen würde. Ist das nicht so, Frau Pratt?" Es wartete nicht auf ihre Antwort. „Sie hat mir eine nette Summe für dich gezahlt und ich habe keinen Zweifel daran, dass du dir deinen Wert verdienen musst." Her schniefte. „So wie dir Claras sexuelles Erwachen gefallen zu haben schien, glaube ich sehr, dass das hier perfekt zu dir passen wird." Aus dem Augenwinkel heraus musterte er mich und wandte sich dann wieder Frau Pratt zu. „Vielen Dank für das Geschäft."

„Herr James", antwortete sie mit einem kleinen Kopfnicken und hielt dir Tür für ihn auf. Sie würde ihn gehen lassen?

Thomas war weg und hinterließ eine Lücke, die so groß war wie die Leere meiner Gefühle. Ich bin an ein Bordell verkauft worden! Allein die Vorstellung war verrückt, unvorstellbar, aber hier war ich nun. Tränen stiegen mir in die Augen.

„Es ist nicht ganz so schlimm, Fräulein James. Du stehst jetzt nicht mehr unter der Führung dieses abscheulichen Mannes." Sie kräuselte ihre Lippen, als sie die Tür hinter ihm schloss. Es warm, als ob das Leben, so wie ich es kannte, vorbei war. Das Kapitel war zu Ende und ein neues sollte beginnen. Das war, was mich am meisten beängstigte. Wie würde mein neues Leben aussehen? Würde ich Männer befriedigen, so wie Clara Allen, oder würde ich unter den grausamen Händen eines Mannes wie Thomas leiden müssen? Das alles war verrückt!

Ich wischte wild über meine feuchten Wangen. „Kleiner Trost", antwortete ich und schaute nach unten auf den übertriebenen, orientalischen Teppich, „die Alternative, so wie sie Thomas darstellte, gefällt mir auch nicht."

„Dieser Mann, dein Stiefbruder, hat dich an mich verkauft." Sie zeigte auf die geschlossene Tür. „Er ist kein Mann, der unsere Aufmerksamkeit verdient hat. Ich finde, dass es gut ist, dass wir ihn los sind." Ihre sanfte Stimme behielt einen Hauch Härte, während sie ihre Hand mit Endgültigkeit wellenartig durch die Luft wedelte.

„Warum haben Sie dann diesem Geschäft zugestimmt? Warum haben Sie mich gekauft?"

Ihr Rock raschelte, als sie durch den Raum ging. „Um Geld zu verdienen, natürlich. Allerdings habe ich eine Schwäche für Frauen, deren Leben in Gefahr sind. Vertrau mir, dir geht es besser hier mit mir als auch nur eine weitere Nacht unter dem Dach dieses Mannes verbringen zu müssen."

Ich hob mein Kinn an, aber ich war nicht so von meiner Situation überzeugt wie sie. „Ich nehme an, es hängt davon ab, was du mit mir vorhast."

„Du bist eine Jungfrau", stellte sie fest.

Ich errötete vor Wut und meine Wangen wurden heiß.

„Ja, ich kann an deiner Reaktion auf das Wort sehen, dass es so ist", antwortete sie. Sie ging zu ihrem Tisch und setzte sich auf den Stuhl daneben. Ihr Rücken war gerade und sie richtete ihren Rock. Sie mochte ein Prostituierte sein, aber sie hatte die Manieren einer Dame.

Ich betrachtete das hellblauen Morgenkleid, das ich heute

Morgen erst angezogen hatte. Ich dachte nach und verstand jetzt, dass mir Thomas Laudanum in meinen Kaffee gemischt haben musste. Ich trank ihn immer schwarz, also musste der bittere Geschmack gut verdeckt gewesen sein. Das Letzte, woran ich mich erinnere, war, dass ich im Esszimmer ein Stück Toast mit Marmelade aß.

„Ich nehme an, dass Jungfräulichkeit in Ihrer Branche durchaus eine Ware ist. Sie sind doch eine Prostituierte, oder nicht?" entgegnete ich, in der Hoffnung ihren Beruf zu bestätigen. Ich bezweifelte, dass sie Erzieherinnen ausbildete.

Sie nickte einmal. „Das bin ich. Anders als dein guter Herr James, biete ich dir zwei Optionen an."

Ich zog eine Augenbraue hoch, während ich darauf wartete, sie zu hören. Meine Optionen, von denen ich bezweifelte, dass sie mir gefallen würden, sollte ich besser im Sitzen hören. Also ging ich zu der mit Samt überzogenen Liege, auf der ich aufgewacht war, zurück.

„Du kannst hier arbeiten, um deine Schulden zu begleichen. Da du unbefleckt bist, wirst du sehr populär sein, das kann ich dir versichern. Du bist auch sehr lieb, was dir einen langanhaltenden Reiz garantiert. Du bist hier im edelsten Bordell zwischen Kansas City und San Francisco und wir haben uns auf eher ungewöhnliche Anfragen spezialisiert. Die anderen Mädchen werden dir all das, was du über das Ficken und die Erfüllung von Bedürfnissen der Männer wissen musst."

Ihre Sprache ließ mich erstaunen, aber ich hatte das Gefühl, dass es für ihren Beruf normal war und Teil ihrer tagtäglichen Unterhaltungen war.

Ich blickte flüchtig nach unten auf meine Hände in meinem Schoß und versuchte, meine Gedanken zu sammeln. Ein stumpfes Pochen ging mir durch den Kopf. Es war der Nebeneffekt von Thomas' Abwegigkeit und machte es mir schwer, klar zu denken. „Und…die andere Option?"

„Du kannst deine Schulden an einem Abend begleichen. Heute Abend sogar schon."

Das klang vielversprechend, aber ich wusste, dass es mit einem hohen persönlichen Preis einherging. Sie mochte vielleicht sexuelles Vergnügen verkaufen, aber das hier war alles ein Geschäft.

„Ach ja?" fragte ich und war sehr nervös darüber, was sie sagen würde.

„Eine Heiratsversteigerung."

Ich machte eine Pause und starrte Frau Pratt an. Hatte sie gerade Heirat und Versteigerung in ein Wort verpackt? Also im Sinne von einer Versteigerung an einen potentiellen Ehemann?

„Ich bitte um Entschuldigung?" antwortete ich verwirrt.

Frau Pratt lächelte sanft. „Ich kenne einige Männer, die eine Frau suchen, die mit ihren heftigeren, sexuellen Neigungen und dominanten Persönlichkeiten umgehen kann."

Ich runzelte die Stirn. Ich könnte solchen Anforderungen zweifellos nicht entsprechen. „Wie Sie selbst gesagt haben, bin ich eine Jungfrau. Ich weiß nicht nichts über... heftige, sexuelle Neigungen."

„Gut." Sie nickte entschieden. „Ich habe nicht gesagt, dass du etwas darüber *wissen* musst, aber dass du damit umgehen könntest."

Ich runzelte die Stirn. „Da gibt es einen Unterschied?"

„Einen erheblichen." Ich wartete darauf, dass sie es erklärte, aber sie blieb still.

„Wie können Sie sich sicher sein, dass ich mit diesen Erwartungen...*umgehen kann*?"

„Herr James hat erwähnt, dass Sie der Anblick einer Frau erregte, die gefickt wird. Ist das eine genaue Aussage?"

Ich versuchte mein Bestes, ruhig zu bleiben. Zugegeben, dass es mich erregte, bei Claras Vergnügen zugeschaut zu haben, würde bedeuten, dass ich all die anderen Mädchen von Frau Pratt war. Es bedeutete, dass ich tatsächlich eine Voyeurin, sogar eine Hure war. Möglicherweise gehörte ich in ein Bordell.

„Also?" fragte Frau Pratt.

„Die wurde von beiden Männern befriedigt. Ich hatte keine Ahnung, dass so etwas möglich war."

Ihre Augen weiteten sich ein wenig. „Da waren also zwei Männer? Und es hat dich geil gemacht, dabei zuzuschauen? Interessant." Als ich still blieb, aus Angst, noch mehr Geheimnisse preiszugeben, fuhr sie fort: „Es hat dich also erregt?" Sie drehte meine Worte so, dass sie ihr passten. „Komm schon, Fräulein James, es besteht keine Notwendigkeit, dass du deine Gefühle mir gegenüber versteckst. Ich bin eine Prostituierte. Ich habe es schon alles gesehen und gehört. Nichts, was du, eine Jungfrau, zugeben könntest, würde mich je schockieren."

Ich brachte die Worte nicht heraus, aber nickte.

„Hat es dir gefallen, zuzuschauen?"

Ich nickte noch einmal. „Es gefiel mir, den ersten Mann mit der Frau zu sehen. Ich hätte darauf verzichten können, meinen Stiefbruder bei derartigen Aktivitäten gesehen zu haben."

„Hattest du dir gewünscht, dass es du gewesen wärst, die gefickt wurde?"

Ich schaute in ihren starren Blick. Und hielt ihm stand. „Ja", flüsterte ich.

Sie stand da und der Schein des Satinstoffes ihres Kleides fing einen Lichtstrahl ein. „Welche Wahl triffst du? Wirst du hier arbeiten oder den Höchstbietenden heiraten?" Ihre blauen Augen betrachteten mich. Warteten.

Ihre Worte ließen mein Leben so unwesentlich erscheinen, als ob die Wahl einfach wäre. Ich war erst vor wenigen Minuten in dieser Situation aufgewacht und mein Kopf dröhnte noch von den Nebenwirkungen. Ich sollte jetzt mein Schicksal wählen? „Ich werde keinen Mann heiraten, der so ist wie Thomas." Ich presste meine Hände in meinem Schoß zusammen. „Eine Reihe an Männern, die meinen Körper nur benutzen, ist nichts im Vergleich zu einer Lebenszeit voll Unehrlichkeit, Gleichgültigkeit und Untreue. Es wäre wie ein Gefängnis ohne irgendeinen Ausweg. Sie haben ihn kennengelernt. Ein derart dauerhaftes Arrangement mit jemandem wie ihm vorzuschlagen, würde Sie ebenfalls zu einer solchen Person machen."

Ein Hauch Emotion zeichnete sich im Gesicht der Frau ab. Bewunderung? Überraschung? Ich war mir nicht sicher. „Ich würde niemals eine Frau mit einem Mann verheiraten, der nichts als zuvorkommend und fürsorglich wäre. Ich gehe bei der Auswahl der Männer, die ich bediene, streng vor und beschütze dabei die Frauen, die ich anbiete. Denk daran, im Schlafzimmer dominant zu sein ist so ziemlich das Gegenteil davon, was es bedeutet grausam zu sein."

Ich verstand nicht, was sie damit meinte. „Warum Heirat? Warum nicht einfach nur meine Jungfräulichkeit verkaufen?"

„Du hättest absolut nichts davon, wenn dir ein Mann deine Jungfräulichkeit genommen hat. Du wärst befleckt und dein Wert würde dem aller anderen Mädchen, die bei mir angestellt sind, entsprechen. Ich könnte dich dann nicht mehr verheiraten und dein Schicksal wäre besiegelt. Eine Heirat behält dir deine Ehrbarkeit bei. Ich halte nichts von Männern, die sich nur das von den Frauen nehmen, was sie brauchen und nichts zurückgeben. Oder du kannst hierbleiben und arbeiten, um deine Schulden zu begleichen."

Ich hatte kein Interesse daran, eine Prostituierte zu werden. Bei der Vorstellung daran, wurde mir schlecht, aber ich konnte mich lediglich auf die Zusicherung der Dame verlassen, dass ich nicht an einen solchen Mann wie Thomas gebunden werden würde. Ihre seltsam gesetzten Werte – ihr Verlangen, mich zu verheiraten, um Geld zu verdienen, während sie dadurch dafür sorgte, dass ich meinen Wert behielt – gab meiner Lage eine merkwürdige Wendung und stellte sie in einem leicht anderen Licht dar.

„Ich kann mir das Leben einer Ehefrau gut genug

vorstellen. Vielleicht können Sie mir meine andere Option genauer beschreiben."

Bei meiner Bitte zog sie die Lippen zusammen. „Die meisten Mädchen arbeiten von sechs Uhr abends bis sechs in der Früh und bedienen etwa zwanzig Männer. Du wirst deine Stärken schnell finden und dann für diese bekannt sein. Am Anfang ist es natürlich deine Unschuld, aber wenn die vergangen ist, wirst du dich entscheiden müssen." Sie zuckte mit den Schultern. „Manche gehen direkt zur Sache und ficken, andere sind fürs Blasen bekannt. Einige genießen es in den Arsch gefickt zu werden. Dann sind da noch Fesselspielchen, Rollenspiele, Dreier, die Liste ist ziemlich lang."

Ich hielt meine Hand hoch, da ich bei der langen Auflistung nicht mithalten konnte. Tatsächlich dachte ich noch darüber nach, dass es zwanzig Männer pro Nacht wären. Es war eindeutig, dass sie mich in Richtung Heirat forcierte. Das war wahrscheinlich von Anfang an ihr Ziel gewesen. Sie ließ mich im Glauben, dass ich eine Wahl hatte. Ich leckte mir über die Lippen und fragte die alles entscheidende Frage: „Wie viel hast du Thomas für mich gezahlt?"

„Sieben hundert Dollar."

Ich zog meine Augenbrauen hoch. Dieser Betrag war für die Familie James nur ein Tropfen auf dem heißen Stein und ich hätte ihr das Geld ohne Weiteres nach einem kurzen Besuch bei der Bank zahlen können. Obwohl...nicht mehr.

„Bei weniger als einem Dollar pro Nummer, wären das hunderte Männer. Du wärst mit Sicherheit für eine längere Zeit hier. Und danach..." Sie zuckte mit den Schultern und ließ das, was sie nicht aussprach, für sich selbst sprechen. „Oder du könntest heute Abend noch wegkommen."

Ich spitzte meine Lippen. Auf eine perverse und verdrehte Weise half sie mir. Sie konnte mich nicht einfach gehen lassen, da zu viel Geld auf dem Spiel stand. Die Heirat half mir genauso sehr wie ihr. Es gab nicht wirklich eine Wahl. Der

Ehemann selbst stellte auch keine Wahl dar. Es schien so, als würde Frau Pratt darüber entscheiden oder wenigstens die Optionen auf einem kleinen Kader geeigneter Männer, die die Mittel, ihr das Geld, das sie wollte, anzubieten, eingrenzen. Ihrem Beruf und Geschäftssinn nach zu urteilen, umfassten ihre anfänglichen Bedingungen die grundlegenderen sexuellen Bedürfnisse und Wohlstand. „Kannst du dafür garantieren, dass der Mann, den ich heirate, kein versoffener, alter Sack oder ein Schläger ist?"

Ihre blauen Augen trafen auf meine. „Das kann ich."

„Ich...ähm...entscheide mich dann für die Heiratsversteigerung."

„Eine kluge Entscheidung." Sie stand auf und machte die Tür auf. „Wie gesagt, diese Männer wollen, dass du ganz bestimmte und sehr klare Bedürfnisse erfüllst. Dominant zu sein ist nicht mit Grausamkeit gleichzusetzen. Dich daran zu erinnern, wird dir helfen."

3

MMA

STUNDEN SPÄTER STAND ich nur in meinem Unterkleid bekleidet vor einer Gruppe von Männern. Es war das neue, das ich erst Anfang der Woche mit Begeisterung gekauft hatte. Obwohl Frau Pratt scheinbar nett war, hielt sie es für notwendig, den Bietern mehr von mir zu zeigen, als das, was mein Kleid offenbarte. Aber jetzt, da das Material so fein war, dass es leicht durchsichtig war, redete ich genau die Eigenschaft, die ich so sehr bewundert hatte, schlecht. Ich wollte keinen der Männer ansehen und die Blicke auf ihren Gesichtern, so wie sie meinen Körper betrachteten, als ob sie ein Pferd, das zum Kauf angeboten wurde, wollte ich auch nicht sehen. Ich konzentrierte mich weiter darauf, auf den Fußboden zu schauen.

Während ich nach unten blickte, dachte ich darüber nach, was sie von mir sehen konnten. Die Farbe meiner Nippel war deutlich sichtbar und sie stachen spitz hervor. Mein Unterkleid fiel gegen die Mitte meiner Schenkel und ich war mir sicher, dass meine dunklen Haare zwischen den Beinen klar durchschienen. Die feine Stickerei entlang des Randes zog die Augen der Männer nur noch mehr auf die Kürze des Unterkleids. Es hatte mir gefallen, so etwas Dekadentes unter meinen bescheidenen Kleidern zu tragen. Es war wie Geheimnis von dem, was darunterlag, aber auf diese Weise gegenüber einer Handvoll Männern bloßgestellt zu werden, war beschämend. Erniedrigend. Schlichtweg erschreckend.

Es war fast unmöglich, mich nicht mit meinen Armen zu bedecken und mit zitternden Fingern am Saum zu ziehen, aber Frau Pratt hatte es deutlich gemacht, dass mein zukünftiger Ehemann einen guten Blick auf das, was er ersteigern würde, werfen wollte. Wenn das der Fall gewesen war, hätte ich nackt sein sollen, allerdings würde ich eine solche Idee zweifellos nicht vorschlagen. Glücklicherweise war der kleine Raum nicht übermäßig hell und nur durch einige Lampen mit einem indirekten gelben Licht beleuchtet. Es war nicht kalt, aber trotzdem bekam ich eine Gänsehaut auf meinen Armen. Der leichte Geruch von Kerosin und Tabak füllte die Luft.

Und so stand ich da; mit meinen Händen an der Seite, meine Fingerspitzen rieben aneinander, mein Blick war von all den Männern abgewandt und Gemurmel machte sich breit. Frau Pratt war die einzige andere Person im Raum und ich wusste, dass alle Augen nur auf mich gerichtet waren. Die Männer saßen auf Sesseln in einem Halbkreis um mich herum. Sie könnten jede Frau haben, die unten war, also warum ich? Warum eine unerfahrene Jungfrau, wenn eine wirkliche Kurtisane ihre Bedürfnisse ohne die Last der Ehe erfüllen könnte? Offenbar, da die Option gegeben war und nicht vergangen, nahmen diese Männer ihre Absichten ernst. Als ich eintrat, konnte ich flüchtig vier Männer sehen, aber ich wehrte mich dagegen, in ihre Augen zu schauen. Es war nicht als ob ich Angst hatte, dass ich irgendeinen der Männer kannte – die Wahrscheinlichkeit war extrem dünn hier in Simms, nicht in Helena – aber ich wollte ihre Blicke nicht sehen, während sie mich halbnackt betrachteten. Ich wollte nicht ihre Gesichtsausdrücke sehen, während sie mich anstarrten.

„Sie ist eine Jungfrau?" fragte ein Mann rechts von mir.

Frau Pratt, die hinter mir stand, sprach und ihre Wörter waren kurz und überraschend scharf. „Stellen Sie bitte nicht die Integrität meiner Versteigerungen in Frage, Herr Pierce."

Der Mann räusperte sich vor lauter Unzufriedenheit, aber antwortete nicht.

„Ich will sie nackt sehen", fügte ein anderer Mann hinzu.

„Emma", sagte Frau Pratt zu mir, anstatt, auf die Anfrage zu reagieren. „Welche Körperteile hat ein Mann an dir bereits gesehen?"

Ich drehte meinen Kopf in Richtung der Stimme und sah sie durch meine gesenkten Wimpern hindurch an. „Entschuldigung?" fragte ich mit einem seichten, kaum hörbaren Flüstern.

„Hat ein Mann jemals deine Knöchel gesehen?"

Die Vorstellung allein ließ mich erröten. „Nein." Ich senkte meinen Blick und konzentrierte mich auf den Teppich unter meinen Füßen.

„Ein Handgelenk?"

Ich schüttelte meinen Kopf. „Nein."

„Es ist das erste Mal, dass dich ein Mann nur in einem Unterkleid gesehen hat?"

Warum musste sie meine Unschuld so deutlich werden lassen? Ich atmete tief ein, um meinen Herzschlag zu beruhigen. Es fühlte sich so an, als ob es direkt aus meinem Brustkorb hinausschlug. Ich leckte meine Lippen und antwortete: „Ja, Madame."

„Dann, Herr Rivers, wird ihre Reaktion darauf, vor einem Mann nackt zu sein, nur für ihren Ehemann aufgespart. Geben Sie das höchste Gebot ab und Sie werden dieser Mann sein."

Ich hörte eine Stimme zu meiner Linken. „Wurde sie ausgebildet, um die Bedürfnisse ihres Ehemanns zu erfüllen?"

„Natürlich nicht, Herr Potter. Ihr Training liegt in der Verantwortlichkeit ihres Ehemanns."

„Und Vergnügen." Die Stimme dieses Mannes kam von direkt vor mir. Es war eine tiefe, raue, aber dennoch sichere Stimme. Ich sah nur seine Füße und Unterschenkel. Lederne Stiefel, schwarze Hose. Ich wehrte mich dagegen, weiter hoch zu sehen. Hatte er Vergnügen gesagt? Dieser Mann würde Vergnügen darin finden, mir beizubringen, seine Bedürfnisse zu erfüllen? Der Gedanke an Clara, wie sie mit breit gespreizten Beinen von Allen befriedigt wurde, überkam mich. Hatte das Dienstmädchen das getan, was der Mann von ihr verlangte?

„Genau", fügte Frau Pratt hinzu und brachte mich wieder zurück in die Gegenwart. „Sollen wir anfangen? Die Versteigerung beginnt mit eintausend Dollar."

Der Preis ließ mich nach Luft schnappen. So viel? Keine Wunder, dass Frau Pratt mich an den Höchstbieter verkaufen wollte. Sie brachte ihre Verluste leicht wieder ein und würde einen ordentlichen Gewinn machen.

Und der Preis stieg bereitwillig an. Ich traute mich nicht, nach oben zu schauen, um zu sehen, wer für mich bot. Die Bedeutung der Situation, war mir noch nicht bewusst. Diese Stimmen gehörten zu Männern, die mich heiraten wollten. *Heiraten.* Und sie waren bereit, ein kleines Vermögen dafür zu bieten. Es gab kein Umwerben, keine Abendessen, Spaziergänge oder Ausflüge. Kein Austausch von Geheimnissen, verspieltes Anlächeln, geraubte Küsse. Die Männer boten für mich aufgrund meiner Reinheit, meines Aussehens und aufgrund der Versicherung von Frau Pratt, dass ich ihre sexuellen Bedürfnisse erfüllen würde. Ich ließ meine Finger über die Seiten meines Unterkleids gleiten, während ich damit fortfuhr, das Paisley-Muster des Teppichs zu studieren und ich war gewillt mein Atmen zu beruhigen. Das Ganze raubte mir meine Ideale aus Liebe zu heiraten und ersetzte es mit etwas Schnellem und, Geschmacklosem.

„Verkauft!" sagte Frau Pratt mit Endgültigkeit, was mich aufspringen ließ. Es war vorbei? Es ging so schnell, dauerte vielleicht nur eine oder zwei Minuten und trotzdem hatte es mein Leben unwiderruflich verändert. Ich traute mich nicht, nach oben zu schauen, um zu sehen, welcher Mann das höchste Gebot für mich abgegeben hatte. Ich war mir nicht einmal sicher, wer überhaupt gewonnen hatte. Sein Gesicht zu sehen, würde es viel zu real werden lassen. „Herr Kane, Herr Monroe, herzlichen Glückwunsch. Folgen Sie mir bitte. Der Arzt und der Standesbeamte warten in meinem Büro."

Hatte Sie zwei Männer erwähnt? Das konnte nicht wahr sein. Die Frau ergriff meinen Arm und führte mich aus dem Raum heraus. Während wir den Gang hinuntergingen, bemerkte ich, wie uns der Mann mit den Stiefeln und der dunklen Hose folgte. Er war Herr Kane? Er sollte mein Ehemann werden? Als wir um eine Ecke gingen, bemerkte ich einen zweiten Mann, der ein paar Schritte dahinter ging. Es war alles so überwältigend, verwirrend. Schnell. Es schien, als sollten wir umgehend miteinander verheiratet werden. Frau Pratt war eine raffinierte Geschäftsfrau und wollte definitiv kein Risiko eingehen, dass dieser Mann Herr. Kane, sich wieder aus dem Arrangement zurückzog. Sicherlich würde das durch Eheschwüre geregelt.

Der Standesbeamte war ein kleiner, runder Mann mit einem dünnen Schnurrbart. Er hatte mehr Haare an seiner Oberlippe als auf seinem Kopf. Mit der Bibel in der Hand stand er vor uns. Der Doktor ebenfalls oder das nahm ich jedenfalls an. Er war groß und schlank, schmächtig, aber in seinem dunklen Anzug wirkte er dennoch attraktiv. Ich blickte an dem Mann mit der dunklen Hose und den Stiefeln vorbei, aus Angst, dass das alles real werden würde, wenn ich ihn direkt anschaute. Der Mann, der dahinter folgte, blieb bescheiden in der Ecke stehen. Seine Kleidung war weniger formal; dunkle Hose, weißes Hemd. Sein Haar war länger als *de rigeur* und seine Haut war gebräunt, als ob er viel Zeit draußen verbrachte. Seine Haarfarbe erinnerte mich an ein Weizenfeld, wo die Strähnen von der Sommersonne aufgehellt wurden. Er schaute mich mit seinen durchdringenden, grünen Augen direkt an und ich hatte das Gefühl, bloßgestellt zu werden, was mich daran erinnerte, dass ich nur mein Unterkleid trug. Es war, als ob er durch den Stoff auf meine unberührte Haut schauen konnte. Als sein Blick dem meinen standhielt, glaubte ich, dass er in mich hineinschauen und meine Gedanken lesen könnte. Ich konnte nicht anders als meine Armen vor der Brust zu verschränken, um meinen Anstand zu beweisen.

Zu wissen, dass er mich anschaute, ließ meine Wangen heiß und meine Nippel hart werden. Aus dem Augenwinkel konnte ich erkennen, wie er den Mundwinkel hochzog und ich wusste, dass er in dieser Heirats-Farce nicht mein Retter sein würde.

„Doktor Carmichael, wir beginnen mit Ihrer Untersuchung", sagte Frau Pratt sagte und mein Blick schoss zu ihr.

Ich erstarrte. Untersuchung? Hier? Mit diesen Männern? Ich zog meine Schultern hoch und versuchte mich so gut wie möglich zu schützen. Der Doktor trat einen Schritt in meine Richtung und ich sprang zurück.

„Einen Moment", unterbrach Herr Kane und hielt dem Mann seine Hand entgegen. Ich erkannte seine Stimme von der Versteigerung wieder. „Willst du den Mann, den du heiraten wirst, denn nicht sehen?" Die Stimme des Mannes war tief und streng und ich bemerkte, dass er mit mir sprach. Ein britischer Akzent mit kurzen und abgehackten Vokalen war zu erkennen. Was tat ein Engländer so weit weg von zu Hause und warum war er in einem Bordell und heiratete eine komplett Fremde? Die Weise wie er nicht nur Frau Pratt, sondern auch den Doktor ignorierte, wies auf seine Macht hin, die in mir die Neugier erweckte, mehr über den Mann zu erfahren. Gleichzeit bereitete es mir aber auch ein wenig Angst.

Ich schloss kurz meine Augen und schluckte. Ich konnte ihn nicht länger meiden. Ich drehte mich um und schaute nach vorne aber sah lediglich die Knöpfe seines weißen Hemds. Ich hob mein Kinn an und erhaschte einen Blick auf meinen Ehemann. Mir stockte der Atem. Das erste, was ich sah, waren seine Augen. Dunkel, schon fast schwarz, mit buschigen Augenbrauen. Er schaute mich mit solcher Intensität, solcher Kontrolle an, dass es sogar schwierig war, wieder weg zu schauen. Seine Haare waren genauso dunkel, so schwarz, dass sie schon fast einen Blaustich hatten. Sie waren an den Seiten kurz geschnitten und oben etwas länger gelassen, so dass Sie über die Stirn fielen. Seine Nase war schmal, aber hatte einen leichten Haken, als ob er sie mal gebrochen hatte. Sein Kiefer war breit und eckig mit einem Hauch dunkler Stoppeln. Seine Lippen waren voll und er zog die Mundwinkel leicht hoch, als ob er wusste, dass ich durch das, was ich sah, beeindruckt wurde.

Er war so gutaussehend, so außerordentlich gutaussehend. Und groß – gut über einen Meter achtzig – und auch ziemlich kräftig. Seine Schultern waren breit und schienen unter seinem weißen Hemd definiert. Seine Brust war breit und lief zu einer schmalen Taille zusammen. Seine Beine waren lang und erkennbar muskulös, was ich in dem anderen Raum nicht bemerkt hatte. Wenn er nichts gesagt hätte, hätte ich nicht gewusst, dass er ein Ausländer war.

Im Vergleich zu seiner Größe, war ich klein, schon fast zierlich. Dieser Mann, mein Ehemann, könnte mir leicht weh tun, wenn er das wollte, allerdings sagte mir sein glimmender Blick, dass er andere Wünsche erfüllen wollte. Mit mir. Ich schluckte.

„So jetzt. Ich kann dein Gesicht sehen. Deine Augen sind überraschend blau bei so dunklen Haaren."

Obwohl der Klang einem rauen und tiefen Bariton ähnelte,

hatte seine kultivierte Stimme eine Art unterschwelligen Ton – vielleicht etwas Liebliches –, was unerwartet war. Als er seine Lippe hochzog, zeichnete sich ein Grübchen ab.

„Wie heißt du?" fragte er

„Emma. Emma James", antwortete ich. Sein weicher Klang zwang es aus mir heraus.

„Ich bin Whitmore Kane, aber alle nennen mich Kane."

Kane. Der Name meines Mannes war Kane und er war Brite. Würde er mich mit nach England nehmen, um dort zu leben? Die Vorstellung löste Angst in mir aus. Ich wusste nichts über England, nichts über das Leben außerhalb von Montana.

„Ian", sagte er. Der Mann in der Ecke trat hervor und zog einen Stapel Dollarscheine aus seiner Hosentasche und zählte eine abwegige Summe ab, die er dann Frau Pratt übergab. War diese Mann Kanes Sekretär so wie Allen Thomas' Sekretär war?

„Wir werden die Dienste des Arztes nicht benötigen", sagte der Mann, dessen Name Ian war, zu Frau Pratt, als das Geschäft abgeschlossen wurde. Er war groß und hatte ebenfalls breite Schultern, helle Haaren und ernst blickende Augen.

„Sie möchten nicht, dass wir ihre Jungfräulichkeit durch eine Untersuchung bestätigen?" fragte der Arzt, als ob ich nicht einmal im Raum anwesend wäre. „Es ist ein einfacher Vorgang. Sie wird auf der Liege liegen und Ihre Knie anwinkeln. Ich werde mit meinen Fingern ihr Jungfernhäutchen ertasten. Sicherlich brauchen Sie einen Beweis, da Sie eine so beachtliche Summe gezahlt haben."

Bei der Vorstellung dessen, was der Doktor erklärte, erblich ich. Er wollte mich anfassen, während drei weitere Männer und Frau Pratt zuschauten? Ich trat einen Schritt zurück und stieß gegen Ian. Zum Glück war er derjenige gewesen, der gesagt hatte, dass diese unangenehme Aufgabe nicht notwendig sei. Trotzdem schnappte ich bei der Berührung auf und zog mich schnell wieder weg. Der Raum war zu klein!

„Ich vergewissere Ihnen, dass ich sie selbst untersuchen kann", entgegnete Kane.

Den Doktor schien die Antwort nicht zu stören und er nickte nur voller Verständnis. „Sicherlich."

„Lassen Sie mich die Tür aufmachen, Herr Doktor, damit Sie sich auf den Weg machen können", sagte Ian entgegenkommen und mit irischem Akzent.

Dr. Carmichael nahm einen schwarzen Arztkoffer von Frau Pratts tisch und ging durch die Tür hinaus, die ihm Ian offenhielt und dann gründlich hinter ihm schloss.

Ich atmete einen unterdrückten Atemzug aus. Allein die Tatsache, dass dieser Mann nicht mehr anwesend war, ließ die Spannung ein wenig abklingen.

Frau Pratt wendete sich an den Standesbeamten. „Es scheint, dass wir für Sie bereit sind, Herr Molesly."

Nein, die Spannung war immer noch da. Ich war im Begriff, einen fremden Engländer zu heiraten.

„Danach würde ich dich gerne mit nach unten nehmen, damit du von einem unserer Mädchen Gebrauch machen kannst."

„Ist Rachelle verfügbar? fragte er mit gierigen Augen.

Frau Pratt nickte. „Mit Sicherheit. Sie hat nach Ihnen gefragt."

Der Mann bauschte sich bei diesen schmeichelhaften, aber wahrscheinlich gelogenen, Wörtern wie ein Pfau auf. Es machte den Mann allerdings bemüht, damit er seine Aufgabe erledigte. Es brachte mich nur dazu, die Ernste seiner Berufung zu hinterfragen. Er räusperte sich und fing an. „Meine verehrten Geliebtem..."

Am Morgen noch war ich eine Erbin gewesen, die ihr Frühstück aß. Und jetzt stand ich bloß in meinem Unterkleid dar und heiratete einen gut aussehenden Fremden, der mich bei einer Versteigerung in der oberen Etage eines Bordells gekauft hatte.

4

MMA

„Sie möchten Ihren Kauf jetzt sicherlich prüfen", kommentiere Frau Pratt. Sie hatte den Standesbeamten nach unten begleitet und an Rachelle übergeben. Er hatte keinerlei Skrupel gehabt, diese ungewöhnliche Zeremonie durchzuführen. Es schien eine Aufgabe gewesen zu sein, die er vorher schon einmal erledigt hatte: Es bestand kein Zweifel, dass Rachelles Dienste stets im Anschluss inbegriffen waren.

Ian stellte sich neben Kane. Beide waren groß und hatte breite Schultern. Ich wusste nichts über ihre Berufe, aber ich war mir sicher, dass es definitiv etwas war, bei dem ihre Muskeln zum Einsatz kamen, da sie beide gut gebaut waren. Sogar muskulös. Das hier waren keine typischen Herren, die nur tatenlos herumsaßen. Ihrem Verhalten nach zu urteilen und aufgrund der Intensität, die sie ausstrahlten, waren sie mächtige Männer. Und einer der beiden war mein Ehemann. Der Andere schaute mich mit dem gleichen, besitzergreifenden Glimmer in den Augen an. Ich fand sie beide sehr gutaussehend.

„Ja, ich will", antwortete Kane.

Meine Augen weiteten sich und mein Mund fiel auf und aus reinem Reflex zog ich mich zurück und eine Hand heraus. „Sicher erwartest du nicht–"

Kane hielt seine eigene Hand hoch, um meine Wörter abzufangen. „Mich zu heiraten hat dich ohne Zweifel vor einer unangenehmen Situation bewahrt, in der du dich befunden hattest. Ich habe eine erhebliche Summe gezahlt, um das zu tun. Folglich habe ich das Recht erworben, die Waren zu kontrollieren."

Ware? Meine Wangen wurden heiß. Diesmal aber nicht vor lauter Demütigung, sondern Empörung. „Ich bin nicht irgendeine Preisstute, die für die Zucht erworben wurde."

Kanes dunkle Braue wölbte sich nach oben. Er durchbohrte mich mit seinen ebenfalls dunklen Augen. „Bist du nicht?"

Seine Worte machten mich sprachlos und ich drehte mich weg. Ich konnte ihn nicht anschauen.

„Hier." Frau Pratt bot Ian ein Gefäß an. „Das wird Ihnen behilflich sein."

„Nein, Danke", antwortete Kane. „Ihre Fotze wird feucht sein, wenn ich sie kontrolliere."

Fotze? Ich hatte diesen Begriff noch nie zuvor gehört, aber ich wusste, dass er vulgär und eine Umschreibung für den Kern einer Frau war. Ich presste meine Beine zusammen. Er würde seine Finger in mich stecken. *Dort.* Ich hatte keine Ahnung, was er mit feucht meinte, aber der Mann schien zu wissen, wovon er sprach.

„Keine Sorgen, Mädel. Ich kann dir versichern, dass Kane dafür sorgen wird, dass es dir gefällt. Lassen Sie uns bitte allein, Frau Pratt", sagte Ian. Nicht Kane, sondern Ian. Er meinte, dass er dabeibleiben würde? Jetzt? Ich schluckte meine Angst, die ich vor diesem dominierenden Duo hatte, runter.

Uns? Ich zweifelte stark daran, dass ich es mögen würde, wenn mich Kane so anfassen würde, wie er es plante. Gutaussehend oder nicht, ich war mit Recht vorsichtig. Der heutige Tag war eine zu große Umstellung für mich gewesen.

Frau Pratt ging zügig genug. Sie hatte ihr Geld gemacht und war mich ohne große Probleme losgeworden. Mit den Schwüren war die Ehe nicht nur legal, sondern auch vor Gott verbindlich. Kane konnte seine Meinung nicht mehr ändern.

Die drei von uns blieben und obwohl der Raum nun nicht mehr so eng schien, kam ich mir neben Kane und Ian, doch übermäßig klein vor. Bedroht, überwältigt.

„Bist du mit deinem Ehemann nicht zufrieden?" fragte Kane. In seiner Stimme lag ein Hauch von Humor.

Ich drehte mich dem Klang zu und schaute ihn an, aber konnte an seinem Ausdruck sehen, dass er das so gewollt hatte. Er wollte, dass ich ihn anschaue. Sie beide.

„Mit dem, was du vorhast, ja."

„Wir sind deine Ehemänner. Wir *werden* dich anfassen."

Meine Augen wurden größer und ich trat zur Seite. Jetzt hatte ich wirklich Angst. „*Wir*? Ihr beide? Ich muss mich verhört haben."

Beide Männer schüttelten ihre Köpfe. „Das hast du nicht." Kane zeigte auf sich und dann auf Ian. „*Wir* sind deine Ehemänner."

Das war absurd und ich war mir sicher, dass mein Gesichtsausdruck das auch zeigen würde. „Ich kann nicht *zwei* Ehemänner haben!"

„Du bist rechtlich gesehen mit Kane verheiratet, Mädel, aber du gehörst auch mir. Ich bin Ian Stewart." Ians Stimme war tiefer als Kanes, dunkler und hatte einen stärkeren Akzent.

Ich schüttelte meinen Kopf, die Tränen, die ich so lange zurückgehalten hatte, füllte jetzt meine Augen, und kullerten meine Wangen hinunter. „Warum? Ich verstehe nicht."

„Wie du an unserem Akzent bereits gehört hast, sind wir Britisch."

„Sprich von dir selbst", murmelte Ian. „Ich bin Schotte."

„Ich...Ich will nicht in England leben", sagte ich und schüttelte dabei vehement mit dem Kopf.

„Wir auch nicht. Wir kommen vielleicht aus einem anderen Land, aber wir sind hier in Montana zu Hause."

Er schien nicht die Art Mann zu sein, der andere täuscht, also hatte ich einen Funken Hoffnung, dass ich nicht in einem fremden Land enden würde. Ich war nur mit Ausländern *verheiratet*. Was für eine verrückte Anmerkung!

Kane verschränkte seine Arme vor seiner breiten Brust. „Wir sind Männer der Armee. Wir haben unsere Leben damit verbracht, das Gebiet für die Königin und unser Land zu verteidigen. Wir haben auch eine Weile in einem kleinen, nahöstlichen Land namens Mohamir verbracht. Der Aufenthalt dort hat unsere Ansicht bezüglich der Behandlung und des Besitzes von Frauen beeinflusst."

Mohamir? Davon habe ich noch nie gehört, allerdings kannte ich mich mit entfernter Geographie auch kaum aus. „Besitz?"

Ian jonglierte das Gefäß in seinen Händen wie ein Schneeball im Winter. „Eine Frau gehört ihrem Ehemann, weißt du? Er kann mit ihr tun, was er für richtig hält. Sie missbrauchen, sie schlagen, sie schlecht behandeln. Nichts kann ihn aufhalten, nicht einmal das Gesetz oder Gott können die Frau vor ihrem Ehemann beschützen."

Ich spürte wie mein Gesicht blass wurde und ich nach hinten stolperte. Diese Männer waren wie Thomas. Frau Pratt hatte versprochen, dass ich nicht ein solches Schicksal, wie es Ian beschrieb, erleiden würde. Er ging einen Schritt auf mich zu und hielt mich am Ellbogen fest. Sein Griff war überraschend zärtlich, wenn man seine Größe und seine düsteren Worte betrachtet.

„Ruhig, Liebes", murmelte er.

„Bitte...bitte tut mir nicht weh", flüsterte ich. Ich drehte mein Gesicht weg und wich vor dem, was der Mann mit mir als nächstes anstellen würde zurück. Ich würde es nicht überleben, wenn mich zwei Männer missbrauchen.

Kane trat zu mir und hob meine Hand, um mein Gesicht zu bedecken.

„Emma. Emma, Liebes, schau mich an." Ians Stimme war bestimmend, aber blieb weiter zärtlich. Ich drehte meinen Kopf leicht zur Seite und schaute ihn durch meine Wimpern hindurch an – schaute sie an. Beide betrachteten mich genau und ich sah, wie sie ihre Zähne zusammenbissen. An Ians Nacken trat eine Vene hervor.

„Wir werden dich nie schlagen. Wir werden dir nie etwas antun", schwor Ian. Wir werden dich ehren und respektieren wie es im Osten üblich ist. Du wirst geschätzt und beschützte werden."

„Von uns beiden", fügte Kane mit ernsten Worten hinzu. „Als unsere Frau gehörst du uns. Es ist unser Job, dich in Sicherheit zu wiegen, dir Glück und Freude zu bescheren. Von jetzt an."

„Durch die Bestätigung meiner Jungfräulichkeit. Ihr zweifelt an mir und Frau Pratt", entgegnete ich.

„Du wirst darin Vergnügen finden, wenn ich die Bestätigung erlange, das garantiere ich dir." Kane seufzte, wahrscheinlich als er mir die Skepsis im Gesicht ansah. „Frau Pratt wäre nicht aus dem Raum gegangen, wenn sie sich falsch verhalten hätte, aber ich werde die Wahrheit bald wissen. Wir werden hier nicht weggehen, bevor ich das getan habe."

„Warum?" fragte ich verwirrt. Warum benötigte er die Bestätigung? „Wir sind verheiratet und nichts kann unsere Schwüre annullieren. Ich bin deine Frau. Jungfrau oder nicht." Ich blickte beide Männer an, als ich das sagte.

„Wir müssen wissen, ob du eine Jungfrau bist, damit wir es richtigmachen, wenn wir dich das erste Mal nehmen."

Ohne zu verstehen, was er meinte, fragte ich: „Mein Wort allein reicht nicht aus?"

„Wir kennen dich nicht", erwiderte Kane. „Und das wollen wir so schnell wie möglich ändern."

Ich ging einen Schritt zurück und schaute den Mann an, dem ich nun gehörte. Meine Augen waren aus Angst weit geöffnet. „Du...du würdest mich zwingen?"

Ian und Kane blickten sich an und schienen sich ohne Worte zu unterhalten. Ian betrachtete das Gefäß in seiner Hand und dachte über etwas nach und stellte es dann auf den Tisch.

„Ich sage es noch einmal", wiederholte Kane, „Ich bin dein Ehemann. Ian ist dein Ehemann. Du wirst tun, wofür wir bei all dem geboten haben, aber ich kann dir versichern, und Ian kann das auch, wir werden dich nicht zwingen müssen. Du wirst mehr als befriedigt sein, bevor wir überhaupt fertig sind."

Derartige Arroganz! „Ach ja? Und wie das?"

„Weil du feucht sein wirst und wollen wirst, dass wir dich anfassen. Ich werde meine Finger in deine Fotze stecken, um dein Jungfernhäutchen zu finden und du wirst sie dort spüren wollen. Dann werde ich dir deine erste Befriedigung geben. Bist du schon feucht?"

„Du sprichst die ganze Zeit davon, dass ich feucht sein werde." Ich runzelte vor lauter Verwirrtheit meine Stirn. „Ich...ich weiß nicht, was du meinst."

Anstatt auf mich zu zukommen, ging er zu dem bequemen Sessel in der Ecke und setzte sich hin. Er lehnte sich zurück und seine Unterarme ruhten locker auf den gepolsterten Armlehnen, während er seine Beine breit vor sich ausstreckte.

„Frau Pratt hat gesagt, dass du einem Paar beim Ficken zugesehen hast und der Grund ist, weshalb du hier gelandet bist." Meine Augen weiteten sich, aber er fuhr fort: „Waren sie zusammen im Bett?"

„Nein! Damit unterstellst du mir, dass ich mich eingeschlichenen und versteckt habe."

„Sie wollten dann also, dass du zuschaust?" fragte Ian, der immer noch neben mir stand.

„Nein!" wiederholte ich und wurde ein wenig unruhig, da mich die beiden Männer mit ihren Worten bombardierten. „Ich bin zum Haus zurückgekommen und habe sie so vorgefunden...in der Küche."

„Aha. Hast du seinen Schwanz gesehen?"

Ich wusste nicht, wie ich darauf antworten sollte. Natürlich habe ich seinen Schwanz gesehen. Sie haben...gefickt! Würde es mich zu befleckter Ware machen, wenn ich Ja sagen würde?

„Hat er ihre Fotze gefickt? Ihren Mund? Ihren Arsch?" wollte Kane wissen.

„Herr Kane, bitte!" schrie ich, während meine Wangen heiß wurden. Ich bedeckte sie mit meinen Handflächen. Wie konnten sie so nebenbei darüber reden?

„War ihre Fotze feucht, Liebes?" stichelte Ian.

„Ich weiß es nicht–"

„Zwischen ihren Beinen." Er unterbrach mich mit seiner tiefen Stimme. „War sie zwischen ihren Beinen feucht?"

„Ja", antwortete ich frustriert, da ich es nicht gewohnt war verbal so gestichelt zu werden.

„Ist deine Fotze in diesem Moment genauso feucht wie ihre zu dem Zeitpunkt?"

Ich trat noch einen Schritt zurück und stieß gegen den Tisch. Ich hielt mich daran fest und erfasste die hölzerne Ecke hinter mir. Es blieb stehen – etwas, woran ich mich festhalten konnte, während sich die Welt um mich herumdrehte. Die Frage war, ob es jemals recht sein würde?

„Natürlich nicht."

„Dann werde ich dich erst einmal feucht machen, damit meine Finger leicht in dich eindringen können", antwortete Kane zuversichtlich.

„Warum ist das so wichtig, dieses...feucht sein?" fragte ich und wedelte mit meiner Hand vor ihm herum.

„Es zeigt uns, dass du erregt bist. Es ist ein Zeichen, ein Anzeichen dafür, was dich erregt, selbst wenn du uns gegenüber etwas Anderes behauptest."

„Was? Nein." Als er sich nicht rührte und nichts sagte, fuhr ich fort: „Ich wollte das nicht. Ich habe nicht darum gebeten, hier zu sein. Thomas hat mir Drogen verabreicht und ich bin hier aufgewacht. Ich hatte die Wahl: Entweder für Frau Pratt arbeiten oder euch heiraten. Ich wollte weder das eine, noch einen von euch beiden heiraten. *Beide* von euch. Wie könnt ihr von mir erwarten, dass ich erregt sein würde, wenn es nicht meine Wahl war?"

„Wer ist Thomas?" fragte Ian mit engen Augen.

„Mein Stiefbruder."

„Er ist derjenige, den du beim Ficken erwischt hast?" fragte Kane.

Ich benetzte meine Lippen. „Ich habe seinen Sekretär zuerst mit einer unsere Hausmädchen gesehen und dann, als er fertig war, war Thomas an der Reihe, aber sie haben mich erwischt und ich bin abgehauen, bevor ich zu viel davon mitbekommen habe."

Ian nickte. „Ich verstehe. Dein Stiefbruder scheint kein ehrbarer Mann zu sein. Da ist es ja kein Wunder, dass du Männern gegenüber vorsichtig bist."

„Du wirst es vielleicht nicht wollen – diese Ehe oder irgendetwas, was wir mit dir anstellen – dein Kopf wird dir vielleicht sagen, dass du dich wehren sollst, aufgrund dessen, was du glaubst, wie du dich verhalten solltest, aber dein Körper wird uns die Wahrheit zeigen", sagte Kane.

Ich war skeptisch. Hatte Zweifel. War es das, wovon er gesprochen hatte? Wie ihn mein Kopf hinterfragen würde, aber könnte mein Körper gegen meine eigenen Wünsche angehen und seinen Befehlen entsprechend handeln? Es war unmöglich, aber so war es auch, mit zwei Männern verheiratet zu sein. Ich könnte mich beherrschen. Ich verschränkte meine Arme fest vor meiner Brust. „Wie?"

„Ich weiß, dass du Angst hast." Er machte eine Pause und sah mich intensiv an. Als ich tief einatmete und nickte, fuhr er fort: „Beantworte meine Fragen. Ich werde dich nicht einmal anfassen, während du das tust." Er lehnte sich nach vorne und hatte die Hände auf den Knien und schaute nach oben in mein Gesicht. Sein dunkler Blick fesselte mich.

„Du wirst mich nicht anfassen?" wiederholte ich in der Hoffnung, dass er bestätigte, was er sagte. Es ließ mich hoffen, aber ich zeigte doch meinen Pessimismus, besonders als ich zu Ian hinübersah.

„Keiner von uns beiden wird das tun. Noch nicht", stellte er klar. „Wenn dein Körper bereit ist, dann werde ich dein Jungfernhäutchen ertasten."

Ich sah ihn weiterhin skeptisch an und hatte weiterhin meine Zweifel, da mein Körper niemals bereit sein würde, aber er blieb trotzdem sehr zuversichtlich!

„Sag mir, Emma, was hat dir daran gefallen, dem Paar beim Ficken zuzuschauen?" fragte Ian. Er ging hinüber an die Wand und lehnte sich dagegen. Er setzte seine Füße über Kreuz und blieb entspannt stehen. So wie er an der Tür stand, gab es keinen Ausweg. „Nicht bei deinem Stiefbruder Bei den anderen."

Mein Blick wanderte flüchtig von einem Brieföffner, der auf dem Tisch lag zu meinen nackten Füßen und dem kalten Kamin, überallhin außer zu ihm. Ihnen. Meine Empfindlichkeiten wurden getestet.

„Antworte mir bitte."

Ich konnte einer Antwort nicht länger aus dem Weg gehen. Es schien, als hätte er genug Geduld und würde das bekommen, was er wollte. Sie beide. Als würden sie damit sagen, dass ich ihnen gehörte. Oh lieber Gott, *ihnen*! Kanes Ton – wie er sich im Raum positionierte und die Art, wie Ian so lässig dastand – ließ sie nicht bedrohlich wirken, als ob sie das bezweckten. Selbst wenn dem so war, war es unmöglich den wahren Grund zu vergessen. Diese einfühlsame Annäherung war ein Plan, mich zu überzeugen und es war nur eine Frage der Zeit, bevor sie ihre wahren Gesichter zeigen würden. Da konnte nicht so einfach sein, wie die Tatsache, dass mich zwei Männer wollten.

„Ich war zurückgegangen, um die Tasche mit dem Mittagessen eines der Kinder zu holen und zuerst hatte ich keine Ahnung, was ich da bezeugte." Als sie mich ruhig und mit eindringlichen, dunklen Blicken ansahen, aber nicht reagierten, fuhr ich fort: „Es überraschte mich. Ich hätte nie gedacht, nie *gewusst,* dass das in der Küche vor sich gehen könnte."

„Du hast meine Frage nicht beantwortet, aber ich lass dich mal damit durchkommen. Wie hat er sie gefickt?" fragte Kane.

Ich schloss kurz meine Augen, da ich es nicht gewohnt war, solche Fragen gestellt zu bekommen. „Sie lag...auf ihrem Rücken auf dem Tisch. Er hielt hier ihre Beine an den Knöcheln hoch und spreizte sie. Sein Glied–"

„Schwanz." Ich sprang auf, als Ian das Wort sagte und mich unterbrach. „Sein Schwanz. Sag es, Liebes."

Ich benetzte meine Lippen. „Sein...Schwanz war groß und hart und rot und er steckte ihn in sie, immer und immer wieder."

„Er fickte ihre Fotze mit seinem Schwanz." Er sagte das, was ich nicht herausbringen konnte.

Ich schob eine Strähne aus meinem Gesicht. „Ja."

„Die Frau genoss seine Aufmerksamkeit?"

Ich sah bei der Frage zu Kane und traf auf seinen Blick. „Ja. Ja, das hat sie."

„Hat es dir gefallen, zuzuschauen?"

Ich drückte mich vom Rand des Schreibtisches ab, ging durch den kleinen Raum, vom kalten Kamin zum Bücherregal und zurück, und steuerte direkt auf Ian zu. Ich konnte ihnen nicht die Wahrheit sagen. Was würden sie von mir denken? Ich würde mich auf dieselbe Stufe stellen, wie die Mädchen unten, wenn ich zugegeben hätte, dass ich...beim Anblick der Aktivitäten erregt war.

„Emma?"

„Nein. Nein, das hat es nicht", antwortete ich und wandte meinen Blick ab.

„Emma." Als er dieses Mal meinen Namen sagte, war sein Ton mit Härte und Enttäuschung unterlegt. „Ich erlaube dir diesmal, dass du mich anlügst. Wenn du aber zukünftig lügst, kann ich dir versprechen, dass dir die Konsequenzen nicht gefallen werden."

5

MMA

„Woher weißt du, dass ich lüge?" Ich schmiss meine Arme in die Luft. „Ist es nicht möglich, dass ich nicht mochte, was ich da gesehen hatte?"

„Wie gesagt, dein Körper lügt nicht. Schau dir deine Nippel an. Sie sind hart."

Ich schaute nach unten. Das waren sie.

„Deine Augen sind nicht mehr hellblau, sondern schimmern in einem tiefen, stürmischen Grau. Ich würde sagen, dass es schon ausreicht, dass du darüber nachdenkst, was der Sekretär mit der Frau gemacht hat, um dich zu erregen. Beantworte die Frage, Emma."

Ich drehte mich um und stand Kane gegenüber, der mich mit engen Augen anschaute. Ich musste nicht runter auf meine Brüste schauen, um zu wissen, dass meine Spitzen hart waren. Ich konnte fühlen, wie sie sich schmerzhaft aufrichteten. Ich war nicht jemand, der seinen Zorn zeigte – keine Dame aus gutem Hause täte das – aber ich hatte einen durchaus anstrengenden Tag gehabt und sie trieben es zu weit. „Ja! Es hat mir gefallen. Ich habe...etwas gefühlt, als ich ihnen zugesehen habe." Ich ballte meine Hände zu Fäusten. „Jetzt kennt ihr die Wahrheit, aber es ist zu spät." Meine Brüste bewegten sich unter meinem dünnen Unterkleid auf und ab und der Stoff rieb an meinen empfindlichen Nippeln.

Kane hob bei meiner geheizten Antwort nur eine Augenbraue. Warum musste er so ruhig bleiben? „Zu spät?"

„Du bist mit einer Frau verheiratet, die genauso ist wie sie Stiefbruder gezeichnet hat: Eine Voyeurin mit den moralischen Neigungen einer Prostituierten. Warum du, ihr beide, mich haben wollen würdet, kann ich nicht nachvollziehen. Es gibt kein Zurück mehr, um der Ehe zu entgehen." Es gab keinen Zweifel daran, dass der die Bitterkeit in meiner Stimme nicht hören konnte.

Meine Worte hatten nicht den erwarteten Effekt. Anstelle von Zorn schienen sie beide amüsiert. Kane lächelte breit und zeigte seine geraden, strahlend weißen Zähne. Das machte ihn noch umwerfender und das irritierte mich.

„Das stimmt. Du gehörst mir." Seine Unterarme lagen immer noch still auf seinen Knien. „Du gehörst Ian ebenfalls." Er ließ die Worte für einen Moment sacken, möglicherweise um meine Sorgen ein wenig zu besänftigen. Es funktionierte nicht.

„Ich werde das Ganze noch einfacher für dich machen. Antworte einfach mit Ja oder Nein auf meine Fragen, alles klar?"

Ich atmete tief ein und stellte mich vor ihn, aber immer noch weit genug entfernt, damit wer mich nicht anfassen konnte. Beide hätten schnell auf mich zu kommen können, mich packen, schlagen oder mir weh tun können, aber sie blieben still. Mein Herz schlug und meine Atmung war aufgrund meines Ausbruchs schwerfällig.

„Schließe deine Augen. Komm schon, schließe sie", fügte Kane hinzu, als ich nicht direkt antwortete.

Die Dunkelheit war wie eine schützende Barriere, etwas, wohinter ich mich verstecken konnte. Ich musste Kane oder Ian nicht anschauen oder ihre hübschen Gesichter sehen, um trotz geschlossener Augen ihren musternden Blick zu spüren. Es war…einfacher.

„Gutes Mädchen. Stell dir das Paar vor. Den Sekretär und das Hausmädchen. Wurde dir beim Zuschauen warm?" Seine Stimme wurde langsamer und klang weicher.

„Ja."

„Wurden deine Nippel hart?"

„Ja."

„Wolltest du, dass dich der Mann fickt?" fragte Ian. Seine Stimme kam von der Seite.

Ich stellte mir Allen und das, was ich gesehen hatte, vor. Er gefiel mir nicht, aber das, was er tat, gefiel mir. Ich hatte nicht gewollt, dass er mich fickt, aber dass es ein Mann tat, der mir gehörte. „Nein."

„Aber du wolltest gefickt werden und du wolltest wissen, wie es sich anfühlt, wenn er mit seinem Schwanz tief in dich eindrang. Was die Frau fühlte?"

Ich sah, wie Clara ihren Kopf nach hinten schmiss, die Augen geschlossen und den Mund offen hatte und wie ihr Rücken sich vom Tisch wölbte. Sie hatte sich in der Lust und Leidenschaft des Moments verloren. „Ja."

Ich hörte wie Kane stand und hinter mich ging. Er ging um mich herum.

„Lass deine Augen zu." Seine Stimme kam von rechts. „Deine Fotze – deine Muschi, diese Stelle zwischen deinen Schenkeln, schmerzt sie bei der Vorstellung an einen Schwanz?"

Das tat sie. Oh, das tat sie. „Ja."

Als nächstes hörte ich, wie sich Ian bewegte. Er kam von links und stellte sich hinter mich. „Ich kann deine Nippel sehen. Ganz hart und aufgerichtet." Er war nah genug, so dass ich seinen Atem auf meiner Schulter spüren konnte. „Wollen Sie angefasst werden?"

Ich ließ meinen Kopf nach hinten fallen, als seine tiefe Stimme in mich eindrang. „Ja."

„Beantworten meine Frage, Emma. Bist du feucht?" fragte Kane.

Jetzt verstand ich, wovon er sprach. Diese Stelle zwischen meinen Beinen, die Stelle meiner Weiblichkeit, war...feucht. Ich konnte die Hitze spüren und wie meine Schamlippen anschwollen und von einer schmierigen Substanz benetzt wurde, die durch die Worte der Männer hervorgebracht wurde; die Bilder, die sie in meinem Kopf haben entstehen lassen, ihre Stimmen, allein ihre Anwesenheit.

Ich war umzingelt. Ich konnte die Hitze, die von ihren Körpern ausging, und die Art und Weise, wie sie die Luft aus dem Raum sogen, spüren. Mit geschlossenen Augen fühlte ich mich nicht bedroht – überwältigt, sicherlich – aber stattdessen beschützt.

Mit geschlossenen Lidern war es dunkel und nur ein weiches, flackerndes, orangefarbenes Licht schien durch meine Augenlider. Ich konnte die Welt und alles das, was mir passiert war, ausblenden. Alles außer Kane und Ian. Ihre Worte, ihre tiefen und fast schon hypnotisierenden Stimmen mit den reizenden Akzenten. Aus diesem Grund fühlte ich die Freiheit, um zu antworten, und auf das, wie sie mich fühlen ließen, zu reagieren.

Ich hörte, wie sich Kane wieder auf den Sessel vor mir fallen ließ. Wartend.

„Ja", stotterte ich.

„Mach deine Augen auf", forderte Kane.

Meine Wimpern flatterten auf, als ich zuerst auf ihn runter schaute und dann über meine Schulter zu Ian sah, dessen Blick dunkel und begierig war. Er war nah, nur einen Schritt entfernt, aber er fasste mich nicht an. Keiner der beiden hatte mich jetzt angefasst, außer als Ian mein Stolpern abfing.

„Komm her", forderte Kane. Er zeigte mit seiner Hand auf den Platz vor ihm. Seine Knie waren breit gespreizt und der Stoff seiner Hose war straff gespannt und definiert über seinen muskulösen Oberschenkeln.

Ich näherte mich ihm langsam und blieb dastand, wo er mich haben wollte. Er blickte mir in die Augen und senkte dann seinen Kopf, um meine Brüste und meine harten Nippel, das durchsichtige Unterkleid und meine nackten Schenkel zu betrachten.

„Spreize die Beine auseinander."

Ich bewegte mein linkes Bein so, dass ich breiter dastand. Mein Schenkel stieß gegen sein Knie und ich wartete. Was hatte er vor? Er hatte mich immer noch nicht berührt. Meine Zurückhaltung wurde zur Neugier. Keiner der beiden hatte irgendetwas getan, wovor ich Angst haben müsste, also hielt ich den Atem an und wartete.

Langsam hob er seine rechte Hand und ließ sie zwischen meine Beine und entlang des kurzen Saums meines Unterkleids gleiten, um mich zu berühren. *Da.*

Die Berührung ließ mich aufschrecken. Der eine Finger strich in der sanftesten Berührung über mich, aber trotzdem fühlte es sich durch die Hitze, die es auslöste, so an, als würde ich gebrandmarkt. Ich schnappte nach Luft und traf seinen stechenden, dunklen Blick, aber ich bewegte mich nicht aus Angst, dass er aufhören könnte, wenn ich es tat. Mit der federleichten Berührung strich er langsam über meine Schamlippen und betrachtete mich dabei. Er zog dabei leicht seinen Mundwinkel an, als ob er triumphieren würde während er mein Fleisch erforschte.

„Ich habe noch nicht deine Hand gehalten. Ich habe dich noch nicht geküsst. Es gefällt mir, zu wissen, dass die erste Stelle, an der ich deinen Körper berühre, deine reizende Fotze ist."

Als sein Finger über die pochende Stelle strich, die zum Leben erweckt wurde, als ich Clara und Allen erwischt hatte, stöhnte ich auf. Bei den unerlaubten Gefühlen und der Art und Weise in der ich Vergnügen in der intimen Berührung eines Fremden empfand, ließ mir Panik in die Augen steigen. Diese bloßen Zärtlichkeiten fühlten sich so unglaublich...atemberaubend an, dass ich sie fürchtete. Ich fürchtete, was sie mit mir anstellen würden. Wie konnte ein Mann, den ich nicht kannte, mit bloßen Berührungen derart sexuelle Gefühle in mir auslösen? Es war nicht richtig. Es war falsch.

Ich begann einen Schritt nach hinten zu gehen, aber ein einziges Wort aus seinem Mund, ließ mich wieder stillstehen.

„Nein." Irgendwie konnte er nach nur wenigen Minuten bereits meine Emotionen erahnen. „Ich werde dir deinen Spaß bereiten. Hab keine Angst davor oder vor mir." Sein Kiefer wirkte hart, sein Blick war verdeckt, als seine Finger forscher wurden und meine Schamlippen auseinander drückten, so dass er über das feuchte, geschwollene Fleisch streichen konnte. Er fand meine jungfräuliche Öffnung, umkreiste sie, spielte mit ihr und drang nur einen Bruchteil ein. Mein Körper zog sich bei dem Gefühl zusammen.

„Sie ist so eng, Ian", murmelte er.

Ich hatte den anderen Mann ganz vergessen.

Er drang mit seinem Finger noch tiefer ein, ließ ihn wieder herausgleiten, um an meinen Schamlippen entlang an das Ende zu gelangen, an dem sich alle Nerven bündelten. Ich atmete scharf aus und legte meine Hände auf Kanes starke Schultern, um mich zu balancieren. Meine Knie waren schwach und ich musste mich abstützen, um aufrecht zu bleiben. Allein seine Fingerspitze brachte mich bereits ins Abseits. Durch das Jackett seines Anzugs hindurch konnte ich sogar seine Wärme und Stärke spüren.

Als er seine Finger wieder zurück zu meiner Öffnung brachte, nahm er einen zweiten Finger hinzu und steckte sie beide rein. Ich bewegte meine Hüften und ging bei diesem Angriff auf die Zehenspitzen. Mein Gewebe brannte durch die

Ihre entführte Braut 49

Dehnung und trotzdem fühlte es sich…unglaublich gut an. Ich konnte an seinen Fingern und seinen Erforschungen, die den Platz zwischen uns einnahmen hören, wie feucht ich war.

„Da." Sein Blick hielt meinem stand. Ich konnte nicht wegschauen. Ich spürte den Druck und den Schmerz seiner Finger spüren, als er versuchte noch weiter in mich einzudringen, aber es nicht konnte. Ich ergriff seine Schultern und winselte. „Ich kann ihr Jungfernhäutchen spüren."

„Ich…" Ich leckte meine Lippen. „Ich habe euch doch gesagt, dass ich eine Jungfrau bin."

„Ja, ja, das hast du. Jetzt muss ich entscheiden, was ich dagegen machen werde." Er zog seine Finger komplett aus mir heraus und ich war beraubt, verloren. Leer.

Seine Finger glänzten und waren glatt vor lauter Feuchte und ich sah dabei zu, wie Kane sie in den Mund nahm und ableckte. „So süß. Wie Honig." Sein Blick wurde heißer und seine Haut errötete, was ich als Verlangen deutete. „Probiere."

Meine Augen weiteten sich. „Deine Finger?"

Er schüttelte seinen Kopf. „Nein. Küss mich."

Ich lehnte mich leicht nach vorne und Kane kam mir den Rest des Wegs entgegen, so dass sich unsere Münder trafen. Es war ein zaghafter, unschuldiger Kuss bis sich sein Mund über meinem öffnete und seine Zunge tief in mich eindrang. Er schmeckte moschusartig und süß und köstlich männlich. Vielleicht eine Art Kombination aus Weiblichkeit und seinem eigenen persönlichen Geschmack. Ich versank im Kuss und konnte nichts tun, aber er wusste genau was er tat. Mein Körper wurde heiß und weich meine Haut wurde warm und ich wurde empfindlich gegenüber der kalten Luft. Schließlich lehnte sich Kane nach einer unbestimmbaren Dauer zurück.

„Streichle deine Muschi mit deinen Fingern. Gutes Mädchen. Steck sie jetzt in Ians Mund. Lass ihn dich auch schmecken."

Ich zog meine Hand von meinen zitternden Schenkeln und betrachtet meine benetzten Finger. Meine Erregung war warm und glatt. Ian nahm meine Hand und hob sie zu seinem Mund und leckte an meinen feuchten Fingern. Seine blassen Augen wurden dunkler als ich spürte, wie er an meinen Fingerspitzen saugte. Mein Mund öffnete sich, als ich ihm zusah.

„Ja, wie Honig", sagte er, als er meine Hand wieder zurück an meine Seite führte. Seien Stimme war dunkler, rauer als zuvor und sein Akzent war stärker. „Bist du jemals schon gekommen?"

Ich wusste nicht, wovon er sprach, aber ich hatte keinen Zweifel, dass die Antwort Nein lauten würde, also schüttelte ich meinen Kopf, während ich mir über die Lippen leckte.

„Dann wirst du eine Belohnung bekommen, weil du ein so gutes Mädchen bist", versprach Kane.

Beide seiner Hände griffen unter mein Unterkleid und über meine Fotze oder das andere Wort, das er benutzte, Muschi. Seine Finger drangen tief in mich ein, stießen gerade so gegen mein Jungfernhäutchen, während seine andere Hand sich kreisend um das Nervenbündel bewegten und er damit spielte. Er brachte mich dazu, dass ich meine Augen schloss, meinen Kopf nach hinten fallen ließ und meinen Mund öffnete, um vor lauter Lust zu stöhnen.

Das hier war es, was Clara gespürt hatte: Reines, pures Vergnügen. Kane setzte meine Körper meisterhaft als Waffe gegen meine stärksten mentalen Abwehrkräfte ein. Eine leichte Bewegung durch einen gekonnten Finger und mein Kopf würde keinen Grund mehr enthalten, warum das hier falsch war.

Das war etwas, das ich nicht kontrollieren könnte. In diesem Moment gehörte mir mein eigener Körper nicht. Er gehörte Kane.

Bei der Erkenntnis schüttelte ich meinen Kopf. „Nein, bitte. Ich habe Angst", rief ich. Für einen Moment drückte ich mit meinen Händen gegen seine Schultern und im nächsten ergriff ich sie und hielt mich an ihnen fest.

„Es gibt nichts, wovor du dich fürchten musst, Liebes",

murmelte Ian hinter mir.

„Ich halt dich fest", fügte Kane hinzu. „Du bist sicher und in diesem Moment gehört dein Körper mir."

Es war zu viel. Die Lust baute sich auf und wuchs. Kane verstand es, meinen Körper zu bearbeiten. Meine Haut war feucht, meine Knie schwach und mein Nippel formten feste Spitzen. Ich hatte das Gefühl in Flammen zu stehen und mit jeder Bewegung von Kanes Fingern goss er mehr Öl ins Feuer, bis...

„Komm, Emma", befahl Ian. „Lass uns deinen Spaß sehen."

Seine bestimmende Stimme brachte mich an den Rand des Wahnsinns und ich fiel, fiel ins Nichts. Die Intensität des Ganzen war so groß, dass ich schrie und mich in Kanes Schultern festkrallte. Damit loszulassen und ihm das zu überlassen, was er mit mir mache, hatte ich das großartigste Vergnügen erfahren, von dem ich nicht einmal wusste, dass es möglich war.

Kein Wunder, dass Clara ihre Beine breitgemacht hatte. Kein Wunder, dass sie sich auf dem Küchentisch ficken ließ. Mit dieser Demonstration von Kanes Macht war ich bereits süchtig geworden. Ich wollte mehr. Ich wollte es noch einmal. Ich *brauchte* das, was er da gerade mit mir gemacht hatte. Wieder und wieder.

Kanes fuhr fort mit seinen Fingern zärtlich zu streicheln und meinen Körper zu bearbeiten, bis ich tief einatmete und meine Augen geöffnet hatte. Kane sah mir zu und er zog den Mundwinkel hoch, so dass das Grübchen erschien. „Dir gefällt das, nicht?"

Ich schnurrte schon fast wie eine Katze und konnte mir nicht helfen und musste grinsen. „Oh, ja."

Er befreite seine Hände und zeigte mir den Beweis meiner Lust und das, was ich eben noch mit meiner Zunge bei unserem Kuss geschmeckt hatte. „Du hast meine Hände komplett nass gemacht. Du wirst immer für mich feucht werden."

6
———

ANE

Das einfache Unterkleid, in das Emmas Körper so verführerisch eingewickelt war, war anziehender als irgendwelche Spitzenkleider, die von den Pratt-Mädchen getragen wurden. Wenn ich nicht gerade den Beweis ihrer Unschuld gefunden hatte, würde ich sie als Verführerin einstufen. Ihre korallenroten Nippel stachen unter dem dünnen Stoff hervor und die leichten Schwellen ihrer Brüste traten prall über den einfachen Rand. Ihre Haut war blass und cremig und ganz sicher seidig anzufassen.

„Ich möchte alles von dir sehen, Liebes. Ziehen wir doch das Unterkleid aus", sagt Ian zu ihr.

Ihre Haut war feucht und sie errötete vor Verlangen. Ihre Augen waren nach ihrem ersten Vergnügen noch ein wenig gläsern. Es gab keinen Zweifel, dass es ihr erster Orgasmus gewesen war, denn sie war so leicht zu erregen und so ängstlich vor dem Vergnügen. Und doch, als sie kam, erlag sie ihren Gefühlen auf eine wunderschöne Art und Weise. Emma betrachtete mich jetzt für einen Moment mit diesem bezaubernden, blauäugigen Blick, während sich auf ihrer weichen Haut ein leichtes Runzeln abzeichnete.

„Zeig uns, was uns gehört, Emma."

Aber ich hatte sie noch nicht berührt. Ich hatte sie nirgends außer an ihrer Fotze berührt und ihren leckeren Mund geküsst. Ich mochte ihre Ängstlichkeit und schon beim ersten Blick hatte ich einen schnellen und gnadenlosen Anflug von der Gier, sie besitzen zu wollen, gespürt. Als ich ihre Essenz von ihren Fingern geleckt und schmeckt hatte, pulsierte mein Schwanz und drückte gegen meine Hose, weil ihr Geruch, der Geschmack von ihrer Fotze, in mir das Verlangen geweckt hatte, in ihre süßen Tiefen eintauchen zu wollen. Ich wusste, dass Ian genauso fühlte, aber keiner von hatte so viel gesagt.

Frau Pratts Versteigerung war nur einer kleinen Gruppe Männern bekannt, die in ähnlichen Kreisen wie Ian und ich verkehrten. Grundbesitzer, Viehzüchter, Mienenbesitzer, Eisenbahnmagnate, deren Tätigkeiten häufig außerhalb des Gesetzes lagen. Männer, die es verstanden, über ihre Leben und darüber, wie sie oder ihre Geschäftspartner, ihre Frauen erworben hatten, zu schwiegen. Ian und ich hatten Geheimnisse und aus diesem Grund waren wir so weit wie möglich von England weggezogen und an eine solch abgelegenen Ort.

Alle Bieter waren wohlhabende Männer, die auf der Suche nach mehr als nur einem kleinen Fick waren. Malcolm Pierce war auf der Suche nach einer Braut, die sein kleines Mädchen sein würde, damit er sie hübsch anziehen und wie ein Kind behandeln, aber gleichzeitig auch wie eine Frau ficken konnte. Die Villa von Alfred Potter war mit weiblichen Bediensteten gefüllt, die sich um mehr als nur das Haus kümmerten. Da er einen Erben brauchte, war es zwingend notwendig, dass er eine Braut fand, aber sie würde nur eine von vielen Frauen sein, die sich um ihn und den Haushalt kümmerte. John Rivers

Ihre entführte Braut

mochte es lieber Schmerzen als Vergnügen zu verteilen und seine Braut würde eine starke Verfassung und einen wilden Geist benötigen.

Wir hatten unten beim Kartenspielen über die Versteigerung gehört, als Mädchen von Frau Pratt ihre Aufmerksamkeiten mit Ian und mir teilten. Es war auf Frau Pratts Einladung hin, eine jungfräuliche Braut beanspruchen zu können, dass unser Interesse geweckt wurde, besonders als wir mehr von den anderen Bewerbern erfuhren. Versteigerungen dieser Art waren in Mohamir, wo wir für einige Jahre stationiert gewesen waren, alltäglich. Die Versteigerung einer Frau, die von ihrer Geburt an dafür ausgebildet wurde, einigen Ehemännern zu dienen, sich ihnen für ihren Schutz sowie ihr Vergnügen zu unterwerfen. Diese Frauen wussten, dass die Männer, die sie erhalten würden, sie mit Ehre behandeln würden. Diese Versteigerung konnte keine solche Garantie anbieten.

Unsere Jahre bei der Armee verstärkten unsere Ansicht, dass dieser veraltete Ansatz für Ian und mich, sowie eine Handvoll anderer Mitglieder unseres Regiments, die beste Wahl darstellte. Das Leben als Soldat war kurz; mehr als einen Ehemann zu haben, bot der Frau und ihren Kindern Schutz und Stabilität. Diese ungewöhnlichen Weisen beeinflussten uns darin, denn viktorianischen Vorschriften und der Moral unseres Landes strikt Folge zu leisten. Aber es waren die Tätigkeiten unserer Vorgesetzten, die uns dazu gebracht hatten unsere Positionen zu verlassen und unseren Stand in der britischen Armee aufzugeben und in die Vereinigten Staaten zu fliehen.

Als ich Emma das erste Mal sah, wusste ich, dass sie für uns bestimmt war. Die anderen Männer konnten ihre eigene Frau zu einem anderen Zeitpunkt finden.

Als sie zu langsam war, um meinem Befehl, ihr Unterkleid auszuziehen, zu folgen, ging Ian auf sie zu und streckte seine

Finger zum Saum der Barriere, die uns daran hinderte, dass wir ihren Körper sehen konnten. Als seine Finger den Stoff ihre Schenkel entlang hochschoben, schreckte sie kurz auf, aber hielt dann doch still.

Langsam hob Ian den Stoff an, so dass ihre schlanken Beine zum Vorschein kamen. Ihr dunkles Haar an der Spitze ihrer Schenkel glitzerte vor Lust und Verlangen und ihre schmale Taille, der flache Bauch und ihre vollen Brüste mit den großen, festen Nippeln kamen zum Vorschein. Die weiche Baumwolle blieb an ihren Haaren hängen und eine lange Locke wurde lose, als Ian das Unterkleid auf den Boden warf.

Sie nackt zu sehen, bewies mir, dass wir die richtige Wahl getroffen hatten. Dies war unsere erste Versteigerung gewesen und definitiv auch unsere letzte. Es wurde nicht danach gefragt, wo Frau Pratt die Frauen fand, die verkauft wurden, aber es war Ian und mir klar, dass Emma so unschuldig war, wie sie es nur sein könnte. Ihr dunkles Haar, ihre cremige Haut und die leicht versteckten Vorzüge ihres Körpers zu sehen, bestätigte, dass sie perfekt war. Die Angst und Scham in ihrem Gesicht zu sehen, ließ jeden Schutz- und Besitzinstinkt aufleben, um sie zu retten. Der Grund war mir jedenfalls klar. Sie war nicht für die anderen Männer bei der Versteigerung gedacht. Diese Frau gehörte uns. Und deshalb hatte ich ein Gebot abgegeben und zwar ein gutes.

Als der Doktor sich darauf vorbereitet hatte, Emma zu untersuchen, um seine Finger in ihre Fotze zu stecken, hatte ich Rot gesehen. Ian hätte es auch keinem anderen Mann erlaubt, sie zu berühren, besonders jetzt, als jeder weiche Zentimeter von ihr sichtbar war. Ich kannte Carmichael gut. Er war ein erfahrener Arzt, der sich um Patienten in der ganzen Gegend kümmerte, aber er genoss auch junges Fleisch. Die Neigung war in Ordnung bei anderen Frauen, aber Emmas Fotze war allein für Ian und mich bestimmt. Ich wollte, dass unsere Hände die ersten waren, die sie berührten. Und ihre

Letzten. Was wir mit ihr vorhatten, war nicht immer zärtlich und war nicht gezähmt oder legal, wenn man nach gesellschaftlichen Standards geht, aber wir würden jeden Mann, der unsere Braut auch nur anfassen würde, umbringen. Eine Frau in Mohamir wurde niemals missbraucht, niemals schlecht behandelt, sondern nur geehrt und geschätzt. Wir würden Emma die gleiche Ehre erweisen. Sie hatte noch Angst vor uns, aber wenn sie erst einmal erfuhr, was wir wollten und unseren Weisen entsprechend trainiert war, würde sie unsere Hingabe erkennen.

Sie stand nackt unmittelbar zwischen meinen Beinen. Ihre Haut war unberührt und weiß wie Porzellan und ich spürte den Drang, zu spüren, wie seidig sie war. Ihre Brüste waren so groß wie eine Hand und tropfenförmig mit Nippeln, an denen ich saugen und knabbern wollte. Aber das war nicht der Preis. Es war die Verbindung ihrer Schenkel, die unter den dunklen Löckchen gut versteckt war. Ich konnte die pinkfarbenen Schamlippen erkennen. Sie waren nach meinen Berührungen geschwollen und glatt. Ihre Klit stand ein wenig hervor, war hart und die pinke Knospe war der Mittelpunkt ihres Verlangens.

Ich hatte keine Zweifel, dass Emma darauf reagieren würde. Sie mochte vielleicht verängstigt gewesen sein, als wir sie untersucht und beäugt und dann ein Gebot für sie abgegeben hatten, aber ihre Lust konnte nicht versteckt werden. Und sobald ich das Bieten gewonnen hatte und sie mich angeschaut hatte, war ich mir sicher. Die Art und Weise wie ihre Augen vor lauter Unwille, Frustration und schließlich Verlangen gefunkelt hatten – ich hatte nicht falsch gelegen. Ian hatte es auch gesehen. In seinen Augen konnte ich das Verlangen nach ihr sehen. Sein Kiefer war angespannt, seine Hände zu Fäusten geballt. Sein Wesen spiegelte das meine komplett wieder. Ich war derjenige, der sie rechtlich gesehen geheiratet hatte, aber Ian würde sie auf grundlegendste Art und Weise für sich beanspruchen und Emma würde es nie in Frage stellen, dass auch er sie besaß.

Sie würde die perfekte Ehefrau sein. Sie würde auf uns hören und gewillt sein uns zu befriedigen, ohne es zu bemerken. Sie musste von ihren Männern nur ein wenig geführt werden. Da ich ihr erstes Vergnügen bereitet hatte und sie habe spüren lassen, wie ich ihren Körper kontrollierte, war es nun an der Zeit, dass sie sich um mich kümmerte. Mein Schwanz war hart genug, um Nägel in einen Zaunpfahl zu schlagen und die erste Lektion für meine Frau würde es sein, zu lernen, meine Bedürfnisse zu stillen. Ian würde als nächstes an die Reihe kommen.

„Hast du jemals einen Schwanz angefasst?" fragte Ian mit einer rauen Stimme.

Ich machte meinen Gürtel und den Reißverschluss an meiner Hose auf. Emma neigte ihren Kopf und sah zu, als ich meinen Schwanz herausnahm. Ich konnte mir den Seufzer, der mir entkam, als ich ihn aus den Engen meiner Hose befreite, nicht verkneifen.

„Nein", flüsterte sie mit weit geöffneten Augen. „Du...er...er ist so groß." Sie warf Ian einen Blick über ihre Schulter zu. Er war immer noch angezogen, aber die deutliche Abzeichnung seines Schwanzes war unter seiner Hose sichtbar. Emma atmete schwer ein und somit wusste ich, dass es ihr nicht entgangen war.

Ich lächelte verrucht und blickte sie an, als sie sich wieder zu mir umdrehte. „Unsere Eide wurden gesprochen, Emma. Schmeicheleien sind nicht mehr nötig."

„Der soll...in mich rein?" Sie schaute mich gleichermaßen überrascht und besorgt an.

„Wird. Er wird in dich reingehen. Um genau zu sein, jetzt." Mit einer Hand um ihre Taille, zog ich sie zu mir, während ich mich zurücklehnte, und auf den Stuhl fallen ließ. Sie atmetet auf, als sie ihre Balance verlor. „Setz dich auf mich."

Sie platzierte ihre Hand wieder auf meiner Schulter und

ein Knie auf der Außenseite meines Schenkels, dann das andere, so dass ihre Brüste direkt in meinem Gesicht waren. Ich konnte einem solch reizvollen Angebot nicht wiederstehen und zog eine pinkfarbenen Spitze in meinen Mund. Die Spitze war anfänglich weich aber wurde bei der Berührung meiner Zunge schnell härter. Ihre Haut war warm, ihr Geschmack süßlich und ihre Antwort ein Genuss.

„Oh!" sie wimmerte, während ich sie durch meine Hand an ihrer Taille an der Stelle hielt, an ihr sog und der harten Spitze sog und zog. Ihre Hände wanderten über meine Schultern und ihre Finger vergruben sich in meinen angespannten Muskeln.

Ihre Haut roch nach Blumen und Erregung – eine berauschende Kombination. Bei einem extrastarken Saugen, glitten Emmas Finger hoch, um mit meinem Haar zu spielen und meinen Kopf an der Stelle zu halten. Sie atmete in kurzen Zügen, während ich sie von der einen zur anderen Brust küsste und sicherstellte, dass jeder Nippel die gleiche Aufmerksamkeit erhielt. Sie begann aus eigenem Willen heraus, ihre Hüften zu bewegen und ihre Knie gegen meine Seiten zu pressen.

„Sie ist bereit", sagte Ian schroff. Er schaute mich über Emmas Schulter hinweg an, bevor er seinen Mund nach unten brachte, um meinen Nacken zu küssen und daran zu knabbern.

Ich zog mich zurück und sah, dass ihre Nippel von meinen Liebkosungen feucht und hellpink waren. „Emma, schau mich an. Schau mich an, wenn ich dich erobere."

Meine Hand wanderte von ihrer Taille nach unten zur weichen Kugel ihres Arsches, während ich meinen Schwanz in Position brachte. Mein stumpfer Kopf drang durch ihre feuchten Schamlippen und stoppte an ihrer jungfräulichen Öffnung. Ich knirschte mit den Zähnen, als ich ihre kochende Hitze spürte. Ian hörte nicht damit auf, mit seinen Händen über ihren Körper zu streicheln und ließ ach seinen Mund nicht von ihrer heißen Haut ab.

Emma öffnete ihre Augen und schaute mich an. Ich konnte ihre Unsicherheit in den Augen erkennen. „Kane, ich denke nicht–"

„Nicht denken, Liebes. Genießen. Genieß Ians Mund auf deiner Haut, spüre, wie seine Hände über deinen Körper gleiten und deine Brüste umfassen.

Sie schloss ihre Augen, als sie es tat. „Er ist zu groß. Er wird nicht reinpassen. Und Ian schaut zu!"

Ich drückte sie nach unten auf meinen Schwanz und stieß meine Hüften noch oben, aber erfüllte sie nur mit der Spitze. Ihr Jungfernhäutchen hielt mich davon ab, weitere einzudringen. Ihre Augen weiteten sich bei dem Gefühl, ausgedehnt zu werden.

„Ich werde reinpassen und Ian wird dich als nächstes erobern."

Ians Hände wanderten um sie herum, um ihre Brüste zu umfassen und ihre Nippel zu zwicken.

Sie schüttelte den Kopf und drückte sich panisch nach oben, um gegen mich anzukämpfen. „Nein! Es ist zu viel."

Ihr Winden würde mich nicht dazu bringen, herauszuziehen. Tatsächlich war das Gegenteil der Fall. Ihr Aufbäumen brachte ihre innere Muskulatur dazu, dass sie sich zusammenzog und die Spitze meines Schwanzes drückte. Es machte mich wahnsinnig.

„Stopp", befahl Ian. Er merkte, dass sie in Panik geriet und schlug sie auf den Arsch. Ihre Haut vibrierte unter seiner Handfläche.

Sie blieb wie verwurzelt stehen und schrie auf. Fassungslos. „Er hat mich geschlagen!"

„Das hat er verdammt noch mal getan und er wird es wieder tun, wenn du dich widersetzt. Oh, es gefällt dir. Ian, sie tropft mir auf meinen Schoß."

„Nein, es gefällt mir nicht!" schrie sie heraus, aber ihre Säfte, die auf meinen Schwanz tropften, sagten etwas Anderes.

Ian gab ihr einen weiteren, milden Klapps. „Nicht lügen, Liebes."

Ihre Muschi drückte sich fest um den Kopf meines Schwanzes. Ich knirschte mit den Zähnen. „Du hast hier nicht die Kontrolle. Wir haben sie. Ich versichere dir, dass mein Schwanz passen wird und dein Körper ist ohne Frage feucht und bereit. Es ist dein Jungfernhäutchen, dass den Weg blockiert. Ich werde das Problem sofort lösen."

„Aber–"

Bevor sie weiter protestieren konnte, drückte ich sie mit beiden Händen auf ihren Arsch und stieß nach oben, absichtlich hart. ich eroberte sie. Sie hatte mehr Angst vor der Vorstellung als von dem geschehen selbst und deshalb löste ich das Problem sofort. Mit dem einen Stoß brach ich durch ihr Jungfernhäutchen und mein Schwanz drang durch den Eingang bis zum Anstoß tief in sie ein. Sie schrie auf und versteifte. In ihrem Gesicht zeichnete sich der Schmerz ab und ihre Augen wurden so groß wie Untertassen, weil sie komplett voll war. Sie hielt still, aber ihre Finger gruben sich in meine Schultern.

Das Gefühl in ihrer heißen Fotze zu sein, war so unglaublich, dass ich stöhnte. Ihre Muskeln molken meinen Schwanz und die Feuchte verbrannte mich schon fast. Ich konnte ihre Gebärmutter mit meiner breiten Spitze spüren. Ich war so tief in ihr und sie war so eng.

„Ich passe rein", zischte ich.

Sichtbar schluckend antwortete sie: „Ja. Ja, das tust du. Ist das alles? Bist du fertig?" Sie hechelte, als ob sie Angst hatte, zu tief einzuatmen.

„Fertig?" fragte Ian und streichelte sie, um sie wie ein ängstliches Kätzchen zu beruhigen. „Es geht gerade erst los, Liebes."

Ich grinste über ihre Naivität. „Jetzt reitest du mich."

„Dich reiten? Aber es hat wehgetan." Sie schmollte und hatte offenbar Angst, sich zu bewegen.

Ich zeigte ihr mit meinen Handflächen wie. Mit jeder glatten Bewegung gegen ihre Fotze, kam ich dem Orgasmus näher. Es gab nichts, das meine Hoden davon abhielt, sich noch mehr zusammenzuziehen, meinen Schwanz dicker werden und in ihr anschwellen ließ. Das würde ein schneller Fick sein. Sie hatte mich zu sehr gereizt.

„Oh", keuchte sie. Ihr Laut kam jetzt von der Lust und nicht mehr vom Schmerz.

„Nur noch Vergnügen, Emma", versprach Ian.

„Sie ist so eng", murmelte ich und biss die Zähne zusammen.

Sie lerne schnell und schob ihre Hüften hin und her, bewegte sich mithilfe ihrer Knie auf und ab und ritt meinen Schwanz. Ich war ihr Hengst und sie war meine gezähmte Stute. Als sie ihren Rhythmus fand, wanderte ich mit meinen Händen zu ihren Brüsten und umfasste sie. Ich spürte ihr Gewicht, als ich an ihren harten Nippeln zog. Ian kniete sich hinter sie und griff um sie herum und zwischen ihre gespreizten Beine an ihre Klit.

„Kane, ich…oh, ja", seufzte sie und ließ ihren Kopf nach hinten fallen. Ihre Haare fielen wild nach hinten.

„Siehst du, Liebes, kein Schmerz mehr. Reines Vergnügen", versicherte Ian, während er ihre harte, kleine Knospe massierte.

„Komm noch mal, Baby. Komm auf meinem Schwanz."

Sie war ein Naturtalent darin, Anweisungen zu befolgen, wenn ihr Verstand abgelenkt wurde, denn sie kam auf Befehl und ihre Fotze molk mich und schnürte meinen Schwanz in ihrem pulsierenden Griff ein. Ich kam auch und mit meinen Hüften stießen hart in sie ein, während mein Schwanz dicke Stränge aus meinem Körper in sie schoss und sie mit meinem Samen füllte.

Sie war so eng, dass jedes Mal, wenn sie sich bewegte, mein Samen heraustropfte und ihre Schenkel gemeinsam mit ihrem jungfräulichen Blut benetzte. Sie ließ sich auf mich fallen und ich spürte ein warmes Gewicht auf meiner Brust. Sie war lüstern und leicht zum Orgasmus zu bringen. Aber ganz bestimmt war sie jetzt erobert worden. Ich schaute zu Ian hoch und sah in jedem Zug seines Körpers sein Verlangen, Emma ficken zu müssen. Er nickte in stummer Zustimmung. Sie gehörte uns und er war als nächster dran.

7

AN

DIE SONNE SCHIEN als sich Emma endlich bewegte. Sie lag auf ihrer Seite und ihr Rücken drückte gegen meinen Oberkörper. Ein Ton kam aus ihrer Kehle und sie streckte sich, bevor sie wieder erstarrte und sich daran erinnerte, dass sie nicht allein war. Ich hatte sie die letzten Minuten angeschaut und ihren Anblick genossen. Ich war überwältigt, dass sie die meine war – meine und Kanes.

Nachdem Kane sie in der Nacht zu vor für sich beansprucht hatte, hatten wir Emma in ein langes Nachthemd gewickelt, das uns von Frau Pratt zur Verfügung gestellt wurde und waren durch den Hintereingang ins Hotel gekommen. Weder Kane noch ich hatten es vorgehabt, die Nacht im Bordell zu verbringen, egal wie einfach es gewesen wäre, ein leeres Zimmer zu finden und unsere Braut die ganze Nacht über zu ficken. Stattdessen hatte ich sie unbemerkt in mein Hotelzimmer getragen. Wir hatten uns nicht vorgenommen, eine Braut zu bekommen, als wir unseren Trip in die Stadt angetreten waren und Kanes Zimmer war den Gang runter. Da er sie zuerst behauptet hatte, gehörte sie den Rest der Nacht mir. Im Hotel hatten wir nicht die Wahl, sie zu teilen. Wir halten unsere ehelichen Sitten für ehrenhaft, aber die Menschen aus Simms würden dem nicht zustimmen. Wenn wir aber erst einmal auf der Ranch sein würden, würde die Dynamik, dass zwei Ehemänner eine Braut haben, nicht versteckt.

Ich hatte Emma ausgezogen. Sie war zu müde gewesen, um sich zu sehr wehren zu können und ich half ihr ins Bett, bevor sie direkt einschlief. Wir kannten ihre Lebensgeschichte noch nicht. Wir wussten nur von ihrem beschissenen Stiefbruder, aber wie auch immer ihr Tag ausgesehen hatte, sie war erschöpft. Oder vielleicht war es auch ihre Einführung ins Ficken gewesen, was sie so müde machte. Ich verbrachte eine lange Nacht mit meinem harten und pochenden Schwanz und wartete darauf, sie für mich selbst zu beanspruchen.

„Guten Morgen, Ehefrau", murmelte ich in ihr Ohr. Ich konnte an dem Arm, der über de, Bettlaken lag, sehen wie sie Gänsehaut bekam, als mein Atem über ihren Nacken strich. Ich lächelte ihrer weichen, warmen Haut entgegen.

Als wir von der Versteigerung erfahren hatten, war es unser einziges Ziel gewesen, herauszufinden, ob die Frau, die versteigert werden sollte, von den anderen Männern in Gefahr gebracht werden würde, oder ob es alles nur eine Schau war. Ein Blick und wir hatten es beide gewusst. Sie brauchte unsere Hilfe. Sie hätte auf keinen Fall in die Fänge der anderen kommen dürfen. Sie sollte uns gehören.

Es war sehr spät gewesen, als Kane sie endlich fickte und ich sah dabei zu, wie er ihr ihre Jungfräulichkeit genommen hatte. Der Blick auf ihrem Gesicht, als sie von Kanes Schwanz entjungfert wurde, würde etwas sein, an das ich mich für immer erinnerte – der überraschte Blick, ein Hauch Schmerz und das sofortige Wissen, dass sie erobert worden war. Als sie kam, während sie ihn ritt, ihren Kopf nach hinten warf, ihre dunklen Haare in ihren Nacken fielen und ihre Brüste nach vorne stachen, war sie das schönste Wesen, das ich je gesehen hatte.

Während ich sie nachts im Schlaf beobachtete, hatte ich ihre Sicherheit im Kopf. Es vergewisserte mich, zu wissen, dass Kane für sie da sein würde, wenn der Schweinehund Evers mir jemals auf die Schliche kommen würde. Wir hatten einen Ozean und einen Kontinent überquert, um den Mann und die Verbrechen zu meiden, die er mir vor einem Jahr angehangen hatte. Die anderen im Regiment, die uns hier in Montana beigetreten waren hatten auch an Ruf und Position verloren, aber sie waren nicht so gesucht wie ich. Ich wusste, tief in mir wusste ich, dass mich Evers finden würde. Er würde mich finden und vor Gericht schleppen. Es war klar, dass es bald sein würde. Eine Frau zu finden und sich an das Glück zu gewöhnen, von dem ich sicher war, dass es folgen würde, war ein Luxus, der für Evers Grund genug sein würde, um einen Weg zu finden, es von mir zu nehmen. Daher war meine Zeit mit ihr definitiv kurz und mir wurde deutlich, dass Emma bei Kane in Sicherheit sein würde.

Kane und ich hatten vorher schon viele Frauen gehabt, aber es war klar, dass Emma anders war. Sie weckte nicht nur jede sexuelle Begierde bis zu einem Punkt, an dem meine Hoden schmerzend und ungeduldig danach schrien, sie zu nehmen, sondern auch jeden Beschützerinstinkt. Sie war keine Frau, die man einfach nur fickte, und dann wieder ging. Sie war eine Frau, die man schätzte, beschützte, besaß und dominierte. Ich strich mit meinen Fingern über ihre dunklen und seidig weichen Locken. Sie war so unglaublich zart. Süß. Unglaublich sexy. Sie zu ficken, würde nicht genügen. Wir würden Zeit damit verbringen, sie zu trainieren, damit sie unsere Bedürfnisse erfüllt und jedes Vergnügen. Das war es, was Ehemänner für ihre Frau taten. Es war unsere Aufgabe, unsere Verantwortung.

Sie fing an, sich zu rühren und es war an der Zeit, sie für mich zu beanspruchen. Endlich! Später würde das Training beginnen. Mein Schwanz pochte gegen die Wölbung ihres Arsches. Als sie in meinen Armen versteifte, bemerkte sie, dass sie zweifellos nicht allein und definitiv nackt war. Ich änderte meine Position, sodass sie unter mir lag und ihre weichen Brüste gegen meinen Brustkorb rieben und ihre Nippel bei der Berührung verhärten. Ich schob eines meiner Beine zwischen sie und konnte die Hitze ihrer Fotze an meinem Schenkel spüren.

„Oh", keuchte sie aus lauter Überraschung. Sie hob ihre Hände an, um sich gegen meine Brust zu stemmen. Sie war bezaubernd, wenn sie aufwachte. Ihre dunklen Haare waren über das Kopfkissen verteilt und ihre matten Augen waren weich und verschlafen.

„Erwartest du Kane?"

Sie nickte vorsichtig und leckte sich über die Lippen. Ich unterdrückte ein Stöhnen bei der Vorstellung, was diese kleine rosafarbene Zunge alles anstellen könnte.

„Du brauchst keine Angst vor Kanes Eifersucht oder Zorn haben. Du bist genauso meine Frau wie seine und er erwartet, dass du gut gefickt wurdest, wenn wir in die Kutsche steigen. Von mir."

Ihre Augen weiteten sich bei meinen Worten. Ich hatte nicht, mich wegen ihrer Unschuld weicher auszudrücken. Ich würde so sprechen und mich so verhalten, wie ich plante, fortzufahren. Ich würde zärtlich sein, aber gleichzeitig würde ich ihr meine Dominanz deutlich machen. Ich bewegte meine Hüften und stupste mit meinem Schwanz gegen die Innenseite ihres Schenkels. Die Haut dort war so seidig, dass es meinen Schwanz pulsieren ließ.

„Wir müssen für die Kutsche aufstehen, aber zuerst werde ich dich ficken und dich zu Meiner machen. So wie es Kane auch getan hat." Meine Stimme klang dunkel aus Verlangen. „Jeden Morgen, wenn du noch im Bett bist, Emma, wirst du entweder von mir oder von Kane oder von uns beiden zusammen gefickt. Glaub mir, wenn ich sage, dass du das bald genau so sehr willst wie wir. Aber jetzt mache ich dich erstmal bereit." Ich schob ihre Beine auseinander und fasste dazwischen, um zu sehen, ob sie bereit war. Sie keuchte überrascht und drückte gegen mich und versuchte mich weg zu stemmen. Sie hatte Kane geritten, als er sie nahm. Es war das erste Mal, dass sie unter einem Mann lag. Ich musste langsam vorgehen, um ihren Körper für die Lust aufzuwecken, genauso wie ich sie vom Schlaf wecken musste. Als ich ihre Klit fand, verschwand ihre Zurückhaltung ebenso wir sie ihre Hände zur Seite fallen ließ.

Ich stützte mich auf einen Arm und lehnte mich nach unten, um sie zu küssen. Meine Lippen strichen über ihre weichen Lippen und dann drang ich mit meiner Zunge ein um die ihre zu spüren. Ich spielte mit ihr glatten Fotze und glitt über ihre Klit, während ich sie küsste. Langsam. Gemächlich. Ich konnte fühlen, wie jeder angespannten Zug ihres Körpers erweichte, und spürte die Hitze ihrer Haut unter meiner Berührung. Ich strich ihre Haare aus ihrem Gesicht und küsste dann meinen Weg über ihren Kiefer zu ihrem Ohr, leckte an dem zierlichen Wirbel.

„Mmm", flüsterte ich und mein Schwanz verhärtete sich schmerzhaft, als ich die tropfend feucht vorfand. Ihre Hitze verbrannte praktisch meine Finger. „Du bist noch glatt von Kanes Samen. Es gefällt mir, deine Fotze so gefüllt zu wissen. Ich bin jetzt dran, etwas dazu zu tun. Ich habe die ganze Nacht darauf gewartet, dich für mich zu gewinnen.

„Warum..." Sie räusperte sich. „Warum hast du es nicht letzte Nacht getan?" flüsterte sie, neigte ihren Kopf zur Seite, um mir einen besseren Zugang zu ihrem schnell pulsierenden Nacken zu geben. Ihr Geruch war so süß. Reizvoll. Sie ergriff meine Bizepse fest mit ihren Händen. „Du hast geschlafen, Emma. Ich will, dass du wach bist, wenn wir ficken." Ich ging zwischen ihre Schenkel und drückte sie mit meinen Handflächen weit auseinander. „Wenn du meinen Namen schreist. Kane hat dir vielleicht deine Jungfräulichkeit genommen, aber du gehörst auch mir."

Ich schaute ihren Körper hinunter und bemerkte ihre festen Nippel und musste sie schmecken. I laved a turgid tip then took it fully into my mouth as I slowly, gently even, slipped a finger deep inside her.

„Ian!" schrie sie und ich erfreute mich daran, meinen Namen aus ihrem Mund zu hören, besonders auf so erregte Art und Weise. Ich lehnte mich von einer Brust auf die andere und hinterließ mit meinem rauen Bart eine rote Kratzspur auf ihrer Haut. Ihre Haut war zart, fast schon empfindlich, aber dennoch wollte ich sie hart nehmen. Mein Schwanz schrie danach, in ihre köstliche Hitze einzudringen. Die Art, wie sie sich zusammenzog und meine Finger umschloss, sagte mir, dass sie eng sein und perfekt um meinen Schwanz passen würde.

Sie begann ihre Hüften zu bewegen und ihre Haut war rot und feucht. Die Feuchte benetzte such ihre Schenkel. Sie war bereit.

Ich hob meinen Kopf an und schaute in ihre Augen, die nichts Anderes als Vergnügen widerspiegelten. Keine Furcht, keinen Schmerz, nichts außer Bedürftigkeit. Meinen Kopf senkend küsste ich sie, während ich meinen Schwanz an ihrer Öffnung in Position brachte. Mit einem tiefen Stoß drang ich in sie ein. Ich schluckte das Stöhnen, das ihren Lippen entging, herunter. Sie war so eng und ihr Körper klemmte sich so fest um mich, dass es sich wie eine Zange anfühlte, die sich um ich drehte. Ihre Hände ergriffen meinen Rücken und während ich mich rührte, vergrub sie ihre Fingernägel darin. Keiner von uns beiden konnte noch länger küssen. Wir konzentrierten uns beide nur darauf, wie wir miteinander verbunden waren und wie es sich anfühlte. Ich ergriff ihren Arsch und hob sie an, sodass ich ihr noch tiefer in sie eindringen konnte. Vollständig.

Sie wölbte ihren Rücken und lehnte ihren Kopf nach hinten, während ich sie nahm. Sie atmete in kurzen Zügen und hatte ihre Augen geschlossen.

„Schau mich an, Liebes."

Ihre blauen Augen flatterten auf, während ich fortfuhr, in sie zu stoßen. Ihre Hände waren wieder auf meinem Brustkorb und sie versuchte wieder, mich wegzudrücken. Dann zog sie mich an sich. Sie konnte sich nicht entscheiden.

„Das ist nicht richtig", ächzte sie und runzelte ein wenig ihre Stirn. Verwirrung vermischte sich mit dem Vergnügen auf ihrem Gesicht.

„Was?" fragte ich.

„Das hier. Du. Kane." Sie atmete jedes Mal, wenn ich sie füllte, aus.

„Du kommst gleich, Baby. Ich kann spüren wie du mich umklammerst. Welche Schande liegt in deinem Vergnügen, wenn es doch deine Ehemänner sind, die es dir besorgen?" Schweißperlen bildeten sich auf meiner Augenbraue, da ich mich davon abhielt zu kommen, bis Emma es tat. Sie war kurz davor, so nah dran, aber sie dachte zu viel nach.

„Ich kann nicht zwei Männer wollen. Es macht mich...es macht mich zu einer Hure."

Ich musste über ihre Worte schmunzeln. Sie wollte uns beide und das gefiel mir unheimlich. Mein Orgasmus staute sich in mir auf und drückte in meinen Hoden. Meine Samen kochten und waren bereit herauszuschießen. Ich konnte nicht länger warten und bewegte meine Hand zwischen uns, damit ich meinen Daumen über ihre kleine gedehnte Knospe reiben konnte. Sie von ihren Hemmungen und ihre Zweifel, zwei Ehemännern zu haben, zu befreien, war nicht etwas, was ich jetzt beheben könnte. Aber ich könnte ihr Vergnügen bereiten und sie sehen lassen, wie toll es war und zwar nicht nur mit Kane, sondern auch mit mir. Sie würde lernen, dass wir beide sehr gut durch sie und sie im Gegenzug von uns erfüllt waren. Also bearbeitete ich ihre Klit schneller, während ich sie mehr und mehr füllte. Ein Schweißtropfen tropfte von meiner Braue auf eine ihrer Brüste.

„Nein, keine Hure. Es macht dich zu unserer Frau", knurrte

ich, während ich kam. Ich musste wieder einmal ihren Mund mit meinem bedecken, um ihren Schrei zu dämpfen. Ich wollte ihr Vergnügen für mich behalten, wie ein geheimes Geschenk, das ich mit niemandem teilen wollte und ganz besonders nicht mit den anderen Hotelgästen auf dem Flur. Sie mochte vielleicht bescheiden und ihre Leidenschaft ungewohnt sein, aber wenn sie ihre Hemmungen fallen ließ, war sie atemberaubend. So entgegenkommend, so empfindlich. Ich konnte meinen eigenen Orgasmus nicht weiter zurückhalten und so vermischte sich mein Samen mit dem von Kane. Mein grundlegender Instinkt, sie zu erobern, zu markieren und zu füllen war besänftigt.

8
———

AN

„Wie konntest du die Kutsche ganz für dich alleine bekommen?" fragte Emma. Ihr Körper bewegte sich mit den Bewegungen der schlecht gefederten Postkutsche hin und her. Sie saß uns beiden aufgerichtet und mit den Händen anständig im Schoß gegenüber. Sie war vor einer Stunde nicht so anständig gewesen. Das einzige Anzeichen, dass sie vor kurzem gefickt worden war, war die leichte Rötung ihrer Wangen.

„Geld", antwortete ich. Die ledernen Klappen waren nur an wenigen Fenstern geöffnet, um Staub zu reduzieren und das Innere war warm. Die drei von uns warfen allein und ein gut gefüllter Geldbeutel für den Kutscher stellte sicher, dass wir für die Dauer der Reise unsere Privatsphäre hatten, aber es war nicht so, dass da mehr Platz für andere Passagiere gewesen wäre.

Emma trug ein blaues Seidenkleid und das Mieder war tief genug geschnitten, dass der Ansatz ihrer Brüste voll war und über den Spitzenrand traten. Die Ärmel waren lang und die Taille schmal. Das Stoff und die Farbe waren dekadent und für eine Reise unpraktisch, aber hoben zweifellos die Augen und andere Attribute unserer Frau hervor. Frau Pratt hatte all das getan, was wir verlangt hatten und brachte etwas zum Anziehen zum Hotel, allerdings war es in keiner Weise brauchbar. Als Emma gefragt hatte, was mit ihrem einwandfreien Kleid, das sie vor ihrer Ankunft im Bordell getragen hatte, geschehen war, hatte Frau Pratt nur geantwortet, dass das andere Kleid Kane und mir wohl besser gefallen würde. Es lenkte unsere Aufmerksam definitiv auf ihre Vorzüge. Kane war der anerkennende Blick vom Kutscher nicht entgangen. Wir waren nicht die einzigen, die Emma attraktiv fanden.

„Wo fahren wir hin?" fragte sie und blickte aus dem Fenster.

„Travis Point", sagte Kane zu ihr. „Von dort aus, reiten wir den Rest des Weges nach Bridgewater, zu unserer Ranch, also zu Pferd. Wir haben einige Stunden Zeit und es gibt viele schöne Dinge, um die Zeit zu vertreiben."

Sie saß mir direkt gegenüber und unsere Knie stießen gelegentlich aneinander. „Angenehme Dinge? Du meinst, was wir letzte Nacht getan haben?" Ihr Blick wanderte von Kane zu mir. „Oder was wir eben getan haben?"

Die Sonne stand so, dass sie in die Kutsche schien und Emmas Körper wurde von einem hellen Sonnenstrahl angestrahlt. Sie war so reizend und so lieblich, wenn sie uns so fragend ansah. Zu wissen, dass wir sie von einem weniger attraktiven Schicksal gerettet hatten, ließ ihre Unschuld noch wertvoller erscheinen.

„Es gibt so viel mehr, Liebes. Mach die Knöpfe an deinem Kleid auf und zeig uns deine schönen Brüste", befahl ich.

Sie öffnete ihre prallen Lippen, während sie sich umschaute. „Hier? Jetzt?"

„Wir sind im Moment ziemlich allein und ich würde mich wünschen, deine wunderschönen Brüste zu sehen. Kane?"

„Ja. Deine Brüste sind bezaubernd und sollten nicht vor uns versteckt werden."

„Aber–"

„Stell uns nicht in Frage, Baby. Es wird uns gefallen, dich so zu sehen", entgegnete Kane. Seine Stimme ging zu einem Befehlston über. Wenn wir ihre Brüste sehen wollten, wären wir nicht abgeschreckt.

Sie muss die Schärfe in seiner Stimme gehört haben, weil ihre Finger hoch wanderten, um die Knöpfe zu öffnen, die ihr Mieder entlang verliefen. Langsam klappten die beiden Seiten auf und legten ihr weißes Korsett frei. Ich hatte sichergestellt, dass es eng ansaß, als ich sie angezogen hatte und hatte es festgeschnürt. Ich wusste also, dass ihre Nippel genau unter der versteckt lagen. Ich konnte sogar sehen, wie die obere Wölbung einer der pinken Spitzen hoben herausstach.

„Hol deine Brüste heraus", sagte ich ihr. Sie gehörte beiden von uns – in jeder Hinsicht – und je schneller sie sich daran gewöhnte, dass sie zwei Männern hatte, die sie befriedigen musste, desto besser. Zwei Männer zu befriedigen, zwei Männer zu gehorchen. Die Ranch war ein schroffer Ort, wo überall Gefahren lauerten. Das Land war rau und schroff. *Wir* waren schroff. Sie würde uns im Schlafzimmer für ihr Vergnügen und außerhalb zur Wahrung ihrer Sicherheit gehorchen.

Während sie meinem Blick standhielt, öffnete sie die Vorderseite des Korsetts bis zur unteren Kurve ihrer Brüste. Sie umfasste ihre Brüste selbst und richtete ihr weiches Fleisch, bis sie es vollständig entblößt hatte. Mit dem engen Korsett darunter wurden ihre cremigen Kugeln nach oben und hervorgehoben. Die weichen, pinken Spitzen waren voll und zeigten genau auf uns. Ich wusste, wie sie schmeckten und wie sie sich an meiner Zunge anfühlten. Mein Mund wurde bei dem Gedanken daran, wieder an ihnen zu saugen, wässrig, aber ich wollte erst etwas Anderes von ihr.

„Auf die Knie, Liebes." Ich wies mit meinem Kinn zum Boden zwischen meinen breit gespreizten Beinen hin.

„Ian", widersprach sie. Ihre Augen flackerten von rechts nach links, aber ich zog nur eine Augenbraue hoch.

„Ich kann dich dafür verprügeln, dass du Ian gegenüber ungehorsam bist, aber du wirst am Ende trotzdem zwischen seinen Knien enden", sagte Kane.

Sie riss über seine Worte überrascht die Augen auf. „Ungehorsam? Du meinst–"

„Ja, wir würden dich verprügeln", wiederholte Kane.

Sie leckte sich über die Lippen, rutsche von der Bank, kniete sich auf den Holzboden und legte ihre Hände auf meine Schenkel. Sie schaukelte mit der Bewegung der Kutsche und sie schaute mich mit süßer Unschuld an. In dieser Position war sie ein köstlicher Anblick.

Meinen Kopf senkend, küsste ich sie, aber nur züchtig und kurz. Ich wollte den Kuss vertiefen, aber sie hatte eine Lektion im Blasen und ich wollte da nicht von abkommen. Ich wollte nicht, dass uns irgendetwas davon abhielt, dass ich ihren heißen Mund um meinen Schwanz spüren würde. Ihre Haut wurde rot, ihre Brüste lagen frei und waren vollständig entblößt. Ihre Augen reflektierten die Unschuld, dass sie keine Ahnung hatte, was folgen würde. Ich liebte ihre unterwürfige Stellung zwischen meinen Beinen. Ihr Mund war nur wenige Zentimeter von meinem–

„Hol meinen Schwanz heraus." Meine Worte klangen tief und mein Verlangen lag offensichtlich nicht nur in meiner Stimme, sondern war auch an der dicken Länge, die gegen meine Hose drückte, zu erkennen.

Mir kleinen, fummelnden Fingern machte Emma meinen Hosenstall an meiner Hose auf und zog ihn heraus. Ich war steinhart und aus der Spitze trat eine durchsichtige Flüssigkeit heraus. Ich hatte sie erst vor einer Stunde gefickt, aber ich war schon wieder für sie bereit. Welcher Mann könnte seiner Frau widerstehen, wenn sie vor ihm kniete?

„Die erste Lektion, Liebes, ist das Schwanzlutschen."

Ihre Augen weiteten sich, als sie mein ungehobeltes Vokabular verstand. „Wie?"

„Leck die Spitze. Siehst du, wie sie für dich tropft? Leck es sauber."

Sie tat es. Ihre zärtliche, kleine Zunge leckte daran und züngelte den pflaumenförmigen Kopf. Mein Atem zischte bei dem heißen Lecken durch meine Zähne.

„Wie schmecke ich?"

Ich sah, wie sie schluckte. „Salzig."

„Gutes Mädchen. Nimm ihn jetzt komplett in deinen Mund."

Wie angewiesen, tauchte sie ihn in ihre heiße Wärme ein, so weit wie sie es konnte, was nicht wirklich weit war. Ich füllte sie nur halb. Ihre Augen weiteten sich noch mehr und sie zog sich hustend zurück. „Er ist zu groß!" japste sie mit tränenden Augen.

„Du wirst es schon bald genug können, Liebes. Du machst das gut. Es reicht für heute, wenn du mich so weit nimmst, wie du es kannst."

Und das tat sie. Sie leckte und sog an mir. Ihre süße Unschuld ließ mich meine Hüften von meinem Sitz heben. „Pack den Schaft an." Ich biss meine Zähne zusammen als ihr Griff um mich fester wurde. „Gut", knurrte ich. „Fick meinen Schwanz mit deinem Mund."

Sie senkte ihren Kopf und nahm mich wieder so weit, wie es ihr möglich war, in den Mund und zog ihn dann heraus, wieder und wieder. Ihr Mund war so unglaublich feucht und so heiß, dass sie mein Fleisch fast schon verbrannte. Sie war so ernst bei der Sache, so darauf aus, meinen Anweisungen zu folgen, dass sich meine Hoden festzogen und ich meinem Orgasmus nahestand.

„Ihr Mund ist so eng und so perfekt wie ihre Fotze", sagte ich zu Kane und genoss das feste Saugen. Ich würde es nicht lange aushalten. Ich musste bald kommen. Es war zu intensiv.

„Sie ist ein sehr gutes Mädchen", lobte sie Kane, während er dabei zusah, wie Emma meinen Schwanz nahm. Seine große Hand strich über ihren Kopf und streichelte ihr seidiges Haar, um ihr die Rückversicherung zu geben.

Ich schloss meine Augen und gab dem Vergnügen ihrer zielstrebigen Zunge und den heißen Lecken nach bis ich fast am Höhepunkt angekommen war. „Ich werde in deinem Mund kommen, Liebes. Du musst es alles auffangen. Unsere Samen gehören in dich. In deine Fotze, deinen Mund, deinen Arsch. Schluck es alles runter."

Meine Hüften stießen nach oben. In Verbindung mit der Fürsorge durch ihren Mund kam ich in der intensivsten Weise und ich stöhnte. Meine Finger ergriffen den harten Sitz, während mein Samen in Emmas Kehle spritzte. Nach jedem Stoß klopfte ich gegen ihre Zunge. Sie leckte mich trocken und versuchte dabei, meinen Samen zu schlucken. Alles, was sie mit ihrer Unerfahrenheit schaffte, war allerdings, sich an meinem reichlichen Samen zu verschlucken, bevor er sich in meinem Schwanz anstaute. So schossen die weißen Strahlen meiner Wixe auf ihre aufgerichteten Brüste. Ich spritze explosiv ab und es schien kein Ende zu nehmen. Etwas von der dickflüssigen Creme tropfte von ihrem Kinn und ein großer Tropfen landete auf ihrem prallen Nippel. Der erotische Anblick sie so markiert zu sehen, verhinderte, dass mein Schwanz erschlaffte.

Sie hatte beeindruckende, wenn auch schlampige Arbeit geleistet. Ich kam schnell und genoss ihren Ersten Versuchs des Mundfickens. Mein Körper war gesättigt. Meine Atmung pendelte sich wieder ein, denn sie hatte die Fähigkeit bewiesen, meinen Körper unbrauchbar zu machen, bis ich mich wieder erholen konnte.

Obwohl sie es gut gemacht hatte, gab es für Emma hier eine Lektion und ich konnte mich nicht davon abhalten, ihr beibringen zu wollen, was wir von ihr erwarteten, nur weil sie so besessen darauf war, zu befriedigen. Allerdings war ich zu erschöpft, um irgendetwas zu tun. Der Dunst der Lust und Abgabe waren überwältigend. Mein Schwanz ruhte halb aufgerichtet an meiner offenen Hose, die von Emmas Mund noch feucht und glänzend war. Meine Schultern glitten mit jeder Schwingung der Kutsche über die Rückenlehne. Glücklicherweise erkannte Kane meinen Zustand und übernahm.

Vor lauter Enttäuschung schüttelte er seinen Kopf.

Sie schaute durch ihre Wimpern zu ihm hoch, während sie mit ihrer Hand über das Kinn wischte.

„Nicht", sagte er ihr. Er lehnte sich nach vorne und strich mit seinen Fingern über den langsam kühler werdenden Samen, um sie damit zu füttern. „Leck." Sie schloss ihre Lippen über seine Finger und sog daran, als wäre es ein Schwanz. „Du warst ungehorsam, Emma."

Er drückte einen zweiten Finger in ihren Mund und schob seine Finger rein und raus, so wie ich es mit meinem Schwanz getan hatte. Langsam schob er die Finger tiefer und tiefer in ihren Mund, bis sie soweit drin waren, dass sie den instinktiven Brechreiz auslösten. Er drückte auf ihre Zunge und hielt seine Finger an der Stelle. „Du musst dich daran gewöhnen, einen Schwanz zu nehmen. Bis zum Anschlag."

Sie umfasste sein Handgelenk, während sich ihre Augen voll Panik weiteten. Sie atmete schnell durch die Nase ein und aus, aber sie kämpfte nicht gegen ihn an und nahm die natürliche Reaktion in Kauf, dass etwas so tief in ihrem Mund steckte.

„Schhh. Ruhig", murmelte Kane in seinem beruhigenden Tonfall. Nach nur ein paar Sekunden zog er sich zurück und steckte seine Finger in ihren Mund.

„Du hast seinen Samen nicht heruntergeschluckt, Baby." Er schaute runter zu ihren nachten Brüsten und sah, wie die zähe Creme in wahllosen Impulsen über ihr blasses Fleisch lief. Es gefiel mir zu sehen, wie mein Samen sie auf diese Weise markierte und als eine Art Besitz befleckte.

Emma senkte ihren Kopf, um es selbst zu sehen. „Es tut mir leid, Kane, Ian, aber es war zu viel. Es...es hat mich überrascht.

Sie hatte Recht; mein Samen war reichlich. Ihr üppiger Mund hatte es alles aus mir herausgesogen.

„Es ist deine Arbeit unser Angebot zu nehmen und du hast es nicht getan."

Sie runzelte die Stirn. „Ich hatte keine Ahnung, dass es so...viel sein würde. Jetzt weiß ich, was ich zu erwarten habe, also werde ich es beim nächste Mal besser machen."

Kane strich ihr wieder über die Haare und sie lehnte den Kopf der Liebkosung entgegen. Sie genoss und in gewisser Weise suchte diese Zuneigung. „Selbstverständlich wirst du das, aber du musst bestraft werden."

Sie lehnte sich nach hinten auf ihre Fersen und runzelte die Stirn. „Bestraft? Warum?"

„Weil du Ians Samen nicht heruntergeschluckt hast."

„Aber–"

Er hielt eine Hand hoch und sie wurde still. Er zog ein Taschentuch aus seiner Jackentasche. Kane wischte über ihre Brüste und rieb alle Spuren meines Ausbruchs weg.

„Über meinen Schoß, bitte."

9

AN

Sie schüttelte den Kopf. „Kane, nein. Ich werde mich bessern."

„Du warst ein sehr braves Mädchen und hast seinen Schwanz gelutscht, aber wir nehmen Ungehorsam nicht auf die leichte Schulter. Wir sind nicht mehr in einer großen Stadt, sondern auf einer Ranch, wo es wild und ungezähmt ist. Richtlinien zu folgen, kann dein Leben retten, und daher müssen wir wissen, dass du uns in allen Dingen befolgst. Es ist unsere Aufgabe, dich in Sicherheit zu wiegen, aber deine, auf uns zu hören, damit wir das auch wirklich können. Jetzt beug dich über meine Knie." Seine Stimme klang tiefer und sein Blick war härter.

Sie schaute zu mir und hoffte möglicherweise auf eine Begnadigung.

„Dein Zögern fügt fünf weitere Schläge durch Kanes Handfläche hinzu", sagte ich ihr. „Möchtest du noch weiter zögern und es zehn machen?"

Sie beeilte sich, um ihren Gehorsam zu zeigen und

realisierte, dass die Konsequenzen wuchsen. Als sie sich richtig in Position brachte, drückte ihr Bauch, gegen Kanes Schenkel und ihre Füße reichten auf einer Seite so gerade auf den Boden der Kutsche und ihre Haare auf der anderen Seite an einen Vorhang über ihrem Kopf. Ich sah, wie ihre Brüste nach unten zeigten und ihre Nippel fest und aufgerollt waren. Ich musste meine Beine aus dem Weg rücken, um für sie Platz zu schaffen. Sie hob ihr Kleid an und Kane steckte es hoch, damit es um ihre Taille herum gebündelt war. Ihre Beine waren in Strümpfe gepackt und hatten hellblaue Bändchen um ihre Schenkel, um sie festzuhalten. Ihr Höschen war allerdings ein Hindernis gewesen.

Mit beiden Händen zerriss Kane den feinen Stoff und entblößte damit die blasse Kugel ihres Arsches. Er hatte sie strategisch platziert, damit ich eine gute Sicht hatte. Er ließ den zerrissenen Stoff auf den Holzboden unter ihrem Kopf fallen, damit sie es anschauen konnte. „Keine Höschen mehr, Baby. Deine Fotze muss uns jederzeit zur Verfügung stehen. Mach die Beine breit, bitte."

Sie schüttelte widerwillig ihren Kopf.

Kane schlug sie und seine Handfläche landete in einem festen Schlag auf ihrer linken Pobacke.

„Kane!"

Sie zuckte und schrie mehr aus Überraschung als aus Schmerz auf. Der Schlag war nicht besonders hart gewesen; es war eher eine Art Warnung und Einführung als eine echte Bestrafung.

Sie realisierte schnelle, dass es Kane erst meinte. Sie machte ihre Beine breit und ich konnte ihre Fotze genau sehen, während Kane sie schlug. Obwohl ich gerade erst gekommen war, wurde mein Schwanz bei dem hübschen Anblick schon wieder hart. Ihre Schamlippen waren rot und geschwollen, da sie zweimal gefickt wurde. „Zählen, bitte."

Jeder Schlag landete auf einer anderen Stelle ihres Hinterteils. Die Haut färbte sich leicht rosa, aber wurde mit jedem Mal ein wenig dunkler. Es war der erregendste Anblick. Als sie den zehnten Schlag zählte, weinte sie, aber sie wehrte sich nicht mehr. Anstatt auszutreten und mit ihren Hüften zu wackeln, hatte sie aufgegeben und die Strafe hingenommen. Ihr Körper war schlaff. Kanes Schläge waren nicht sonderlich hart gewesen, sondern vielmehr dafür gedacht, dass die Konsequenzen ihrer Handlugen verstand. Sie würde je nach Bedarf übers Knie gelegt werden, besonders wenn sie etwas getan hat, das ihre Sicherheit gefährden würde.

Zu sehen, wie sie ihre Fehler akzeptierte, war ein wirklich schöner Anblick. Ihre Hingabe war wunderschön und das befriedigte mich sehr. Bei Kane war das zweifellos auch der Fall.

„Fünfzehn", weinte sie.

Zärtlich berührte Kane ihr heißes Fleisch und beruhigte sie mit Worten. „Das hast du wunderbar gemacht, Schätzchen. Hast deine Strafe wie ein braves Mädchen hingenommen."

Sobald sie sich beruhigt hatte und ihre Brüste sich langsam und gleichmäßig legten, half ihr Kane hoch und setzte sie uns gegenüber wieder auf die Bank. Er strich ihre Haare aus dem Gesicht und küsste sie sanft auf die Augenbraue. Es waren leichte Prügel gewesen und sie würde sich schnell wieder beruhigen. Allerdings würde sie der harte Sitz und die holprige Fahrt an diesen Übergriff erinnern.

„Stell deine Füße auf unsere Knie", sagte ich.

Sie runzelte zu meiner Verwunderung die Stirn, also klopfte ich auf mein Bein, um sie auf die Stelle hinzuweisen. „Gib mir deinen Fuß." Ich streckte meine Hände mit den Handflächen nach oben aus.

Sie hob ihren Fuß an und ich platzierte ihn gegen die Vorderseite meines Knies. Als sie verstand, was ich wollte, platzierte sie den anderen in Kanes Hand und er führte ihn auf sein eigenes Knie. In dieser Position saß sie etwas tiefer auf der Bank, so dass ihr Arsch nicht auf der Kante war und der

Großteil ihres Gewichts von dem wunden Fleisch gehoben wurde.

„So. Das ist besser, nicht wahr? Dein Arsch wird eine Weile wund sein, aber so zu sitzen, sollte dir etwas Linderung geben", sagte ich und strich mit meiner Hand über ihre strumpfbedeckte Wade.

Es war auch eine weniger damenhafte Position, da ihre Schultern heruntersackten, ihre Beine breit waren und ihre Brüste unbedeckt nach vorne ragten. Mein verschmierter Samen war auf ihr getrocknet und hinterließ einen fleckigen Hauch auf ihrer cremigen Haut. Emma war definitiv eine Dame, aber weder Kane noch ich waren Kavaliere. Jedenfalls dann nicht, wenn wir mit ihr alleine waren. „Zieh deinen Rock hoch. Zeig mir deine Fotze, oder wie sie hier in Amerika sagen, deine Pussi."

Als sie meinem Befehl nicht folgte, hob ich eine Augenbraue an. Sie senkte ihren Blick und befolgte mir, obwohl ihr Missfallen der Handlung ins Gesicht geschrieben stand. Langsam zogen ihre Finger die blaue Seide immer höher und höher, bis es sich um ihre Taille aufbauschte. Ich drückte meine Knie auseinander, was ihre Beine weiter spreizte. Wir hatten die perfekte Aussicht auf ihren Körper.

„Du bist do wunderschön, Emma. Jeder Zentimeter von dir." Ich konnte nicht anders als auf ihre delikate Fotze zu starren und ergötzte mich daran, wie sie ihre cremigen Schenkel über den Rand ihrer Strümpfe zur vollen Ansicht brachte.

Ihre Wangen wurden heiß und ihre Hände ergriffen die Kante der Bank. Ihre Fingerknöchel wurden weiß.

„Wusstest du das noch nicht?" fragte ich.

Sie sah über meine Frage erschrocken aus. „Meine Brüste sind nackt und meine Beine sind gespreizt und du kannst...alles sehen!"

Beide von uns grinsten.

„Dein Körper gehört uns und wir schauen ihn uns so an,

wie wir es wollen. Deine Fotze ist von unseren Schwänzen geschwollen und seine Schamlippen da sind offen. Deine Erregung ist offensichtlich, Liebes. Du zweifelst an mir, aber deine Schenkel glitzern vor lauter Verlangen. Dir haben die Prügel gefallen."

Sie versuchte ihre Beine zusammenzuschieben, aber ich erfasste ihr Fußgelenk und Kane das andere. „Hat es mir nicht!" antwortete sie entrüstet.

„Dein Körper lügt nicht, Schätzchen", sagte Kane. „Deine Nippel sind feste, pinkfarbene Knospen."

Sie spitzte ihre Lippen und in ihren Augen war Wut zu sehen.

„Ich erlaube dir, es zu mögen, Liebes", sagte ich in meinem beruhigenden Tonfall.

„Erlaubst es mir?" Ihre Stimme ließ Sarkasmus durchklingen.

„Jawohl. Du darfst es genießen, deinen Männern deine wunderbare Fotze zu zeigen. Du darfst davon erregt sein, da wir es ganz bestimmt sind. Fass dich an. Bring dich zum Höhepunkt."

„Was?" quiekte sie.

„Berühr deine Fotze und spiel mit ihr bis du kommst."

„Das will ich nicht", entgegnete sie kopfschüttelnd.

„Dein Verstand will es nicht, aber dein Körper sehnt sich danach. Wie gesagt, ich erlaube es dir, es zu mögen. Und eigentlich hast du keine Wahl. Du bleibst genau so, bis du kommst. Ich würde behaupten, dass wir kurz vor Travis Point sind; das bedeutet, dass die Kutsche halten wird."

„Aber der Kutscher!" rief sie.

Wir würden die Ansicht ihres köstlichen Körpers niemals mit einem Fremden wie dem Kutscher teilen. Ihr Körper was kostbar. *Sie* war kostbar für uns. „Es ist deine Wahl. Zeig uns, wie du dich selbst befriedigst oder du bekommst vorher noch eine Tracht Prügel."

Sie wehrte sich gegen unsere Griffe an ihren Knöcheln,

aber würden nicht von ihr lassen. Es war an der Zeit, dass sie uns befolgte. Beiden von uns. Die Bestrafung würde aufgrund ihrer Eigenwilligkeit reichlich ausfallen, aber sie würde schnell lernen, dass wir ihr immer Vergnügen bereiten würden, wenn sie gut war.

„Fünf Minuten bis Travis Point! Fünf Minuten", rief der Kutscher mit lauter Stimme, die selbst die trommelnden Räder übertönte.

Emma atmete überrascht auf und ihre rechte Hand flog zu ihrer Fotze. Sie rieb mit ihren Fingern auf unerprobte Weise darüber.

„Finde deine Klit", wies Kane an. Wir wollten, dass sie sich hingab. Sie hatte diese süße Entspannung verdient. Wir wollten ihr beim Kommen zusehen, da es eine der schönsten Anblicke war. „Erinnerst du dich an die Stelle, die ich gestern mit meinen Fingern berührt hatte? Ja, ich kann sehen, dass du sie gefunden hast. Mach jetzt kleine Kreise. Genauso."

Wir mochten sie vielleicht dazu zwingen, sich selbst zu befriedigen, aber das bedeutete nicht, dass wir sie nicht führen konnten. Sie war unerfahren und es lag an uns, ihr zu sagen, was sie tun musste.

Ihre Schenkel waren glatt von ihrem Honig und ihre Haut war mit einem Hauch Feuchte überzogen. Sie schloss ihre Augen und entspannte sich auf ihrem Sitz. Sie gab sich unseren Forderungen hin und konzentrierte sich auf ihre Fotze.

„Gutes Mädchen. Wir sehen, was dir gefällt. Ah, winzige Kreise auf deiner Klit? Was ist mit deiner Fotze, deiner Pussi, fühlt sie sich leer an? Du kannst die Finger deiner anderen Hand hineinstecken, weißt du. Jawohl, genauso." Während sie mit sich selbst spielte, redete ich ihr zu. Ihre Nippel wurden weich und ihr Rücken wölbte sich und ihre Lippen öffneten sich. Ich wusste, dass sie kurz davorstand. Sie war ein prachtvoller Anblick und wir würden sie wahrscheinlich von nun an jedes Mal, wenn wir in einer Kutsche waren, für diesen Anblick so platzieren.

„Komm für uns, Liebes. Lass uns deinen Spaß sehen."

Sie schüttelte ihren Kopf vor und zurück, während sie ihre Hand weiterhin bewegte. „Ich kann nicht, ich kann es nicht!" rief sie.

Kane rutschte weg und platzierte ihren Fuß auf der Kante der Bank, um sich neben sie zu setzen. Er strich mit seinen Händen über ihre zusammengezogenen Nippel und spielte mit ihnen. Dann lehnte er sich zu ihr und murmelte etwas in ihr Ohr. „Lass dich gehen und komm, Baby. Das hier ist nicht deine Entscheidung. Dir muss nicht gefallen, was du tust, aber du darfst das Vergnügen darin spüren. Fühl das Vergnügen, zu wissen, dass wir zuschauen. Du bist do wunderschön. Gutes Mädchen."

Ihr Körper spannte sich an und sie riss überrascht die Augen auf. Sie stöhnte, als sie kam und wölbte ihren Rücken, während ihre Finger immer und immer wieder über ihre Klit glitten. Ihre Haut errötete in einem hübschen Pink bis zu ihren aufgerichteten Brüsten und ihre Haut glänzte mit einem Hauch Feuchte. Als ihr Körper aufhörte zu zucken und ihr Puls langsamer wurde, blieb sie schlaff auf dem Sitz liegen, schloss ihre Augen und lächelte leicht. Ihre Hand ruhte auf ihrer verbrauchten Fotze und ihre Finger glänzten. Wir hielten beide einen Knöchel fest und genossen den Anblick, bis die Kutsche langsamer wurde. Es gab nichts Schöneres, als eine Frau, die befriedigt und von ihrem eigenen Vergnügen gesättigt war, besonders wenn die Frau uns gehörte.

10

MMA

Der Ritt von Travis Point zu der Ranch der Männer dauerte einige Stunden. Die genaue Länge kannte ich nicht, aber es war mir endlos vorgekommen. Ich war wund...da von den Schlägen, aber auch in mir, wo mein Jungfernhäutchen gewesen war. Sie hatten mir erlaubt, die Vorderseite meines Kleides zuzuknöpfen, damit ich vor dem Kutscher und jedem anderen, der vorbei kam wie eine anständige, bescheidene Frau wirkte, obwohl ich es jetzt besser wusste.

Kane hatte verlangt, dass ich auf seinem Schoß saß, da es ab Travis Point nur noch zu Pferd weiterging. Ich hatte erst widersprochen, aber dann zog er mich seitwärts über seine muskulösen Schenkel und so war das Unbehagen nicht ganz so schlimm. Er hielt mich fest in seinen Armen und die Bewegungen des Tiers beruhigten mich. Ich hätte mich so wie ich war nicht wohlfühlen sollen, aber ich tat es.

Die Seite meines Gesichts ruhte an seiner Brust und ich konnte seinen regelmäßigen Herzschlag hören. Er roch gut und strahlte Wärme aus. Ich fühlte mich...sicher. Mit Ian neben uns wusste ich, dass mir nichts passieren könnte. Weder Thomas noch irgendein anderer Mann würde mir jemals wieder wehtun. Aber dennoch, war ich sicher vor diesen Männern? Sie hatten mich auf eine Art und Weise angefasst, benutzt und bestraft, die ich mir niemals hätte vorstellen können. Es war alles so verboten, so körperlich und so falsch gewesen. All das, was ich in der Kutsche getan hatte ging über meine Phantasie hinaus, aber stellte wahrscheinlich ein alltägliches Erlebnis mit ihnen dar. Die Art und Weise, wie sie mir beigebracht hatten, mich zu vergnügen, hatte mich verwirrt, sogar verängstigt. Angst vor meinen eigenen Reaktionen. Es gefiel mir! Selbst nachdem ich so verdorben wurde, war ichgekommen, härter als jemals zuvor und es war unbeschreiblich *gut* gewesen. Alles, was mir fehlte, war ein Schwanz, der mich erfüllte.

Wir ritten zu einem großen Blockhaus. Es war zweistöckig und breit, mit einer überdachten Veranda, die um das ganze Haus verlief. Ian band seine Zügel an das Geländer und kam dann hinüber und half mir von Kanes Schoß herunter. Einige Gebäude lagen auf das Land verstreut in der Ferne. Ein Stall mit einem Heuboden war mit einem einstöckigen Stall verbunden. Daneben war eine eingezäunte Koppel mit einigen grasenden Pferden. Weiter weg gab es einige, kleinere Bauten und in der Ferne auf Hügeln gab es noch andere Häuser, die durch ihre Verandas, die Schornsteine und Fenster erkennbar waren. Unsere Ankunft musste gesehen oder gehört worden sein, da sich einige Männer näherten.

Ich strich mein Kleid glatt, während sich die Männer mit Händeschütteln begrüßten und sich über die neusten Ereignisse auf der Ranch austauschten. Ich war zu nervös, um ihnen in die Augen zu schauen. Konnten sie wissen, dass ich kein Höschen drunter trug und dickflüssiger Samen an meinen Schenkeln getrocknet war? Würden sie wissen, was Kane und Ian von mir in der Kutsche verlangt hatten oder dass es mir

Spaß bereitet hatte? Ich war definitiv erschöpft von der Reise und zerzaust, aber würden sie einen Teil dieses Zustands damit assoziieren, dass ich vor Ian gekniet hatte, um es ihm zu besorgen oder meinen Kopf nach hinten geworfen hatten, als ich mich mit meiner Hand selbstbefriedigte?

Alle meine Sorgen waren irrelevant, da ich schnell zum Mittelpunkt der Aufmerksamkeit wurde und vollständig von sehr großen, sehr befehlshabenden Männern umzingelt wurde. Sie hatten etwas an sich, das identisch war – die geraden Schultern, die prüfenden, scharfen Blicke und die starken, muskulösen Körper. Es war alles ein wenig überwältigend. Ich schaute zu Ian und Kane, deren Blicke eine offensichtliche Besitzgier zeigten, die ich überraschend versichernd fand.

Kane stellte sich neben mich und ergriff meinen Ellenbogen und Ian tat dasselbe auf der anderen Seite. „Das ist Emma, unsere Braut."

Mit dieser Äußerung wandten sich die Blicke der Männer ab und ich fühlte mich so nackt und bloßgestellt wie in der Kutsche. Meine Augen weiteten sich, als ich realisierte, dass mich Kane gerade als *unsere Braut* vorgestellt hatte. Nicht seine Braut, nicht Ians Braut. Keiner der Männer schien überrascht. Ob sie seinen sehr spezifischen Wortlaut nicht mitbekommen hatten?

„Emma, der Kerl da links ist Mason." Kane deutete mit seinem Kinn auf ihn. „Daneben ist Brody. Simon und Rhys sind die dunkelhaarigen, jungen Männer. Sobald sie etwas sagen, wirst du feststellen, dass sie auch Mitglieder unseres Regiments waren. Der Letzte da ist Cross, der wie du Amerikaner ist. Uns beiden gehört ein Stück Land, aber die Ranch, Bridgewater, ist unser gemeines Ziel.

Ich nickte mit meinem Kopf und lächelte zaghaft. Schließlich war ich mir sicher, dass ich nicht auf die andere Seite der Welt gebracht werden würde.

„Ann erwartet euch beide zum Mittagessen, aber Emma

wird durchaus eine Überraschung darstellen." Wenn ich mich richtig erinnere, war es Mason, der da sprach. Er wirkte einige Jahre jünger als Kane und Ian mit schwarzem Haar und einem ordentlich getrimmten Bart.

Ich zog an Kanes Ärmel und er beugte sich zu mir herunter. „Wissen sie...Ich meine–"

Meine geflüsterten Wörter wurden von Ian abgeschnitten. „Sie wissen, dass du uns gehörst. Um sicherzustellen, dass es keine Zweifel gibt, wiederhole ich es für dich. Emma ist unsere Braut." Der Mann bäumte sich bei diesen Worten vor lauter Stolz auf und es fühlte sich sehr gut an. „Die Männer kennen unsere Sitten, Liebes, da sie sie ebenfalls teilen. Ann ist mit Robert und Andrew verheiratet, die irgendwo anders sind, aber du wirst sie später treffen."

Ich starrte die vielen Männer vor mir mit offenem Mund an. „Ihr alle, ich meine, ich gehöre euch allen?" Ich trat einen Schritt zurück und meine Augen wurden aus Angst größer. Ich spürte wie mein Blut aus meinem Gesicht floss. Wo war ich hier bloß reingeraten? Ich könnte nicht mit all diesen Männern fertig werden. Was wurde erwartet...?

„Emma", Kanes laute Stimme unterbrach meine Gedanken. Er ergriff meine Schultern und senkte seinen Kopf, um mit in die Augen zu schauen. „Du gehörst Ian und mir. Die anderen Männer werden ihre eigenen Frauen finden."

„Frauen?" fragte ich und leckte über meine trockenen Lippen.

„Mason und Brody werden eine Frau beanspruchen und Simon, Rhys und Cross eine andere. Wenn es an der Zeit ist."

Er hob seine Augenbrauen an, als er ihr zusah und fragte ohne Worte, ob ich verstanden hatte. Ich nickte. „Ann? Weiß sie über–"

„Wie gesagt, sie ist mit Robert *und Andrew* verheiratet. Sie sind die Vorarbeiter hier. Ihr Haus ist dort." Er zeigte über meine Schulter hinweg und ich drehte mich um und sah ein Haus in der Ferne, das eigenständig ein wenig zurückgesetzt direkt an einem Nebenfluss stand. „Es gibt nichts, worüber du dir Sorgen machen musst. Nichts, wovor du dich fürchten musst."

„Wir sorgen für deine Sicherheit."

Ich konnte nicht erkennen, wer da sprach, weil Kane meine Sicht blockierte. Er stand auf und Ian umarmte mich, so dass meine Wange gegen seinen harten Brustkorb lag.

„Du musst dir um nichts Gedanken machen, als unsere Frau zu sein."

„Du magst vielleicht Kane und Ian gehören, aber du bist jetzt auch eine von uns. Wir werden dich wie unser eigen beschützen", fügte ein anderer Mann hinzu.

Ich verstand ihre Sitten nicht. Es waren keine britischen Sitten, von denen ich wusste, dass sie noch strenger waren als die im amerikanischen Westen; irgendein anderer, tief verwurzelter, moralischer Kodex war hier an der Arbeit. Ihre Überzeugung, dass mehrere eine Frau heiraten war ungewöhnlich, um das Mindeste zu sagen. Aber sie glaubten daran. Es war ihre Leidenschaft. Sie schienen nicht davon abzuweichen, sondern hielten fest an dem Glauben fest und irgendwie beruhigte mich das. Jedenfalls ein bisschen.

Kane gab mir einen Kuss auf den Kopf. „So. Besser?"

Ich nickte mit ein wenig Erleichterung, aber ich war trotzdem noch vollkommen überwältigt.

KANE

Einen Luxus, den wir hinzugefügt hatten, als wir das Haus gebaut haben, war ein Wasserklosett, vollausgestattet mit einer modernen Badewanne. Wir wussten, dass jede Frau bei einem solchen Luxus ausflippen würde, besonders in den rauen Wintermonaten. Während er Emma dabei half, sich auszuziehen und ihre Hand hielt, als sie in das warme Wasser stieg, bestätigte die reine Freude auf ihrem Gesicht, dass es die Arbeit wert gewesen war.

Töne klangen nach oben, während das Mittagessen vorbereitet wurde, aber wir waren weit genug entfernt, als wir uns um Emma kümmerten. Sie lehnte sich gegen die hohe Rückseite und ihre Haare schwammen auf der Oberfläche des dampfenden Wassers, wo sich auch ihre Brüste und ihre vollen, pinkfarbenen Nippel zeigten. Ian blickte mich flüchtig an, er presste seinen Kiefer zusammen, während er seinen Schwanz in seiner Hose richtete. Ich wusste nur zu gut, wie unwohl er sich fühlte. Ein harter Schwanz würde jetzt ein dauerhafter Zustand sein.

Wir gingen sanft mit ihr um, aber als Jungfrau hatte sie kaum eine Möglichkeit gehabt, mit ihrer neuen Rolle zurecht zu kommen. Sicherlich würde sie sich an den Gedanken erst noch gewöhnen müssen, mit zwei lüsternen Männern verheiratet zu sein und mit anderen Männern mit ähnlichen Neigungen und Ansichten auf einer Ranch zu leben. Sie müsste uns auch ihre eigene Geschichte noch erzählen müssen, aber nicht jetzt, nicht wenn alles so überwältigend war. Ich wollte alles über ihren verdammten Stiefbruder, Thomas, wissen, damit ich ihn ausfindig machen und krankenhausreif schlagen könnte. Er hat sie schlecht behandelt. Sonst wäre sie nicht bei der Versteigerung von Frau Pratt gelandet. Als ihre Ehemänner würden wir sicherstellen, dass er Emma nie wieder verletzen würde. Es war beruhigend, zu wissen, dass sie weit weg von diesem Mann entfernt und sicher in Bridgewater war.

Nachdem ihre Haare gewaschen und ihr Körper sauber waren, halfen wir ihr aus der Wanne und trockneten sie ab.

„Ich kann dieses alles selbst tun", antwortete sie und versuchte ihren Körper abzudecken.

„Da bin ich mir sicher", murmelte ich, während ich ihre

pinkfarbene Haut mit einem Tuch abrieb. „Es ist kein Umstand."

„Komm", sagte Ian, nahm sie bei der Hand und zog sie auf den Flur.

„Ian, ich bin nackt!" Sie verlagerte ihr Gewicht auf ihre Fersen, aber es war nicht genug Widerstand, um den Mann aufzuhalten. Es verursachte bloß, dass sich ihre Brüste in Bewegung setzten und das machte mich nur noch entschlossener.

„Genau wie du mir gefällst." Er grinste sie über seine Schulter hinweg an. „Du wirst lernen müssen, zwei Männer zu schätzen, die dich für wunderschön halten."

Ich griff nach den Rasierutensilien und einem sauberen Tuch und folgte den beiden in Ians Zimmer. Als ich dazu kam, hielt Ian Emma fest im Arm und sie küssten sich. Er schlang seine Hände um ihren Rücken und strich hoch und runter bis er ihre perfekte Kugel, ihren Arsch, umfasste. Als er endlich zurückging, waren Emmas Augen so dunkel wie ein stürmisches Meer und ihre Lippen pink und geschwollen.

„Ich könnte das den ganzen Tag tun, aber wir haben andere Dinge zu tun." Er gab ihr noch einen Schmatzer auf die Lippen. „Leg dich hin, Liebes."

Es war nicht schwierig für Ian, sie auf den Rücken zu bekommen, da sein Kuss ihr scheinbar jeglichen Verstand geraubt hatte. Genauso wollten wir sie haben, um das tun zu können, was wir vorhatten. Ian kletterte nach ihr auf das Bett und positionierte sich so, dass er mit dem Rücken gegen die Kissen lag. Er zog Emma hoch, damit sie gegen ihn lag. Ihr Rücken auf seiner Vorderseite.

„Ian, was machst du da?" fragte sie, neigte ihren Kopf zu Seite und blickte zu ihm auf. Er nutze seine Chance, sie intensiv zu küssen.

„Ian wird dich festhalten, während ich dich rasiere", sagte ich ihr.

Ich platzierte die Utensilien auf den Tisch an der Seite, griff zu der seifigen Bürste und dem Rasiermesser und setzte mich schließlich mit auf das große Bett.

„Rasieren?" fragte sie stirnrunzelnd.

Ians Hände glitten ihren Körper hinunter. Er umfasste für einen Moment lang ihre Brüste und spielte mit ihnen, bevor er ihre Schenkel auf der Innenseite ergriff und ihre Knie nach oben und zurückdrückte.

„Ian!" Sie versuchte sich aus seinem Griff zu befreien, aber so wie sie gegen ihn positioniert war, hatte sie keine Chance.

„Schh", er beruhigte sie und küsste ihr Ohr und ihren Nacken.

Ian leistete ausgezeichnete Arbeit, ihre Beine für mich zu spreizen. Ihre Beine waren nach oben gerichtet und neben ihre Brüste gestreckt. Ich brachte mich zwischen ihren Schenkeln in Position und begann schnell damit sie mit einem dicken Überzug zu benetzen.

„ich rasiere deine Fotze."

„Warum?" fragte sie verwirrt und verlegen. Sie realisierte, dass es zweifelhaft war, neigte ihren Kopf zur Seite, um Ian einen besseren Zugang zu ihrem langen Nacken zu geben.

„Weil deine hübschen, pinkfarbenen Lippchen hinter diesen dunklen Löckchen verborgen sind und weil ich jeden glatten Zentimeter von dir spüren will, wenn ich dich lecke." Er legte die Bürste auf den Tisch und ich hob das Rasiermesser hoch. „Beweg dich jetzt nicht."

Ich machte mich an die Arbeit, während Emma stillhielt. Ich wischte mit meinen Fingern über die rasierten Stellen. Sie waren so weich und so glatt.

„Kane? Ian?"

Der Schrei kam von unten. Mason. Höchstwahrscheinlich, um uns zum Essen zu rufen. Ich hörte andere Schritte unten, da auch die anderen Männer für das Mittagessen ins Esszimmer kamen. Das Haus war groß und das Esszimmer war in guter Distanz zu den Schlafzimmern, die auf dem ersten Stock lagen.

„Wir sind hier oben", rief Ian zurück.

Schwere Schritte machten sich auf den Weg nach oben und ich zog das Rasiermesser von Emmas Beinen weg, stand auf und traf den Mann bei der Tür, bevor er eintreten konnte. Mason blieb vor der Tür stehen, hielt seinen Hut in der Hand und bemerkte dann das Rasiermesser und das Tuch in meiner Hand. Mein Körper blockierte seine Sicht auf Emmas sehr entblößten Körper. Sie war nur für unsere Augen bestimmt, nicht für Masons oder die irgendeines anderen Mannes. Er zog den Mundwinkel hoch und wusste, was wir das gerade taten.

„Halt deine versauten Gedanken von unserer Frau fern", knurrte ich aus lauter Besitzgier. Anstatt sein leichtes Lächeln zu verkneifen, begann er zu grinsen, hielt die Hände hoch und ergab sich.

„Entschuldigung für die Unterbrechung, aber ich habe Küchendienst mit Ann. Wir essen in zehn Minuten."

„Ian, lass mich los!" flüsterte sie laut. Ich wusste, dass Ian nicht nachgeben würde, bis wir fertig waren und wir waren noch lange nicht fertig. Ihr Widerstand war vergeblich.

Ich nickte Mason zu, trat zurück und schloss die Tür vor seinem Gesicht. Ich konnte sein Kichern durch das Holz hören.

Ich wandte mich wieder Emma zu. Ihr Kopf war von der Tür weggedreht und ihre Augen waren geschlossen. Ich ging zwischen ihren gespreizten Schenkeln wieder in Position.

„Beweg dich nicht, Baby." Ich machte mich wieder an die Arbeit und entfernte das letzte bisschen dunkler Haare zwischen ihren Schenkeln, was ihre pinkfarbene, üppige Fotze mit jedem Zug nur noch sichtbarer werden ließ. „Du gehörst uns, Baby. Nur Ian und ich werden dich anfassen. Die Männer verstehen, was zwischen Männern und ihrer Frau geschieht. Sie werden wissen, dass deine Pussi rasiert ist. Sie werden dich hören, wenn du kommst, da wir dich regelmäßig und überall nehmen werden – wenn auch im Geheimen – wo du vielleicht zufällig gehört wirst. Sie hören möglicherweise auch, dass du geschlagen wirst, wenn es notwendig ist."

„Aber–"

„Es ist unsere Aufgabe, dich darauf vorzubereiten, unsere Frau zu sein und dir beizubringen, was erwartet wird. Damit zurecht zu kommen, dass andere wissen, wie sehr du uns befriedigst und von uns befriedigt wirst, ist etwas, woran du dich gewöhnen musst."

„Du bist wunderschön, Liebes", sagte Ian beruhigend.

„Ich habe mich gefragt, wie du schmeckst, Baby." Ich schaute erst zu Ian und dann in Emmas große Augen. „Ich nehme an, ich werde es herausfinden."

Ich wechselte meine Position und senkte meinen Kopf zwischen ihre Schenkel. Ich leckte sie vom Arsch bis zur Klit. Meine Zunge war dabei federleicht und berührte ihre neu offenbarte Haut zart.

„Kane!" schrie sie und senkte ihren Blick um mir zuzuschauen. „Was machst du–"

Mit meinen Fingern spreizte ich ihre blanke Fotze, die jetzt von ihrer Creme glatt war, auseinander. „Fühlt sich das jetzt nicht besser an?"

Ihre kleine rosafarbene Perle war hart und aufgerichtet und forderte mehr von meiner Zunge. Ich leckte ihre Erregung weg und schlug meine Zunge über ihre Klit. Einmal. Zweimal. Ihr Körper zuckte und sie schrie auf.

„Sie schmeckt süß. Wie Honig."

„Sie kämpft gegen mich an", fügte Ian hinzu.

„Dir gefällt deine Belohnung nicht, Emma? Du warst so ein gutes Mädchen. Bleib ruhig oder du bekommst Prügel."

11

ANE

Von meiner Position zwischen ihren Schenkeln beobachtete ich sie. Ihr flacher Bauch hob und senkte sich mit jedem Atemzug; die Spitzen ihrer Nippel waren knallpink und ihre Haut war errötet. Lange Strähnen ihrer feuchten Haare klebten an ihrer Stirn und ihrem Nacken. Ihre blassen Augen waren neblig blau und ihre Gefühle deutlich erkennbar: Erregung, Angst, Scham.

„Ist deine Fotze wund?" flüsterte Ian. Sie schloss ihre Augen, als er mit seiner Zunge ihre Ohrmuschel umkreiste. Ich hörte, wie ihr ein Stöhnen entkam.

Vorsichtig steckte ich einen Finger in sie. Sie war glatt und heiß und so unglaublich eng. Meine Finger glitten etwa zwei Zentimeter ein, dann zog ich sie wieder heraus, bevor ich dann ein wenig tiefer eindrang. Ich sah ihr dabei zu und als ich bis zum zweiten Fingergelenk vorgedrungen war, öffnete sie ihre Augen und winselte ein wenig.

„Armes Mädchen", beruhigte sie Ian. „Zwei große Schwänze haben dein Jungfernhäutchen zerrissen und dich ausgedehnt. Deine wunde Fotze braucht Zeit, um sich zu erholen. Also wollen wir, anstatt dich zu ficken, mit dem Training beginnen."

Während er redete, ging ich wieder zu meiner Aufgabe über und spielte nur mit der Spitze meiner Zunge an ihrer Klit. Ihre kleinen Hände drückten, im Versuch wegzukommen, gegen Ians Schenkel. Sie schmeckte süß, würzig und ihr Geruch wurde von ihrer erhitzten Haut verstärkt und füllte die Luft um uns herum. Mein Schwanz pulsierte schmerzhaft gegen die Gürtelschnalle meiner Hose. Alles, was er wollte, war es, in sie, in ihre wunde Fotze einzudringen. Auf gar keinen Fall würde ich Emma mit meinen niederen Bedürfnissen weh tun, also atmete ich tief ein, senkte meinen Kopf und konzentrierte mich nur auf das Vergnügen meiner neuen Frau.

„Kane, es ist...Es ist zu viel!"

Ich runzelte die Stirn, als ich auf ihren nackten Körper schaute. Es war das erste Mal, dass der Kopf eines Mannes zwischen ihren Schenkeln war und die Befriedigung würde anders sein, vielleicht sogar noch intensiver als einer unserer Schwänze. „Tue ich dir weh?"

Sie warf ihren Kopf zurück. „Nein." Sie schluckte.

„Dann mache ich weiter, da ich sehen will, wie du kommst." Und das tat ich. Ich machte meine Züge, sog an ihrer kleinen Knospe, knabberte vorsichtig mit meinen Zähnen daran.

„Nein, bitte. Ich mag das nicht!" rief sie.

Ich hörte nicht auf und Ian sie fragte: „Es fühlt sich nicht gut an?" Er umfasste ihre Brüste noch einmal und spielte mit ihnen.

Sie seufzte, während ich mich genüsslich um ihre Klit kümmerte. Die kleine Knospe wurde auf die Berührung meiner Zunge hin hart und sensibel. „Ja, aber–"

„Du willst nicht kommen?"

„Nein...nein, es darf mir nicht gefallen!" Ihre feuchten

Haare klebten an ihrem Gesicht und eine lange Strähne an Ians Brust.

Ich hörte nicht auf und nahm einen Finger hinzu, nur um ihn an den Eingang ihrer Fotze zu bringen. In kleinen Kreisen bewegte ich ihn hin und her. Es gefiel mir, dass sie unten herum rasiert war. So weich und so pink. Köstlich.

„Warum nicht, Liebes?" murmelte Ian, während er ihr auf den klopfenden Pulsschlag, der an ihrem Nacken erkennbar war, küsste.

„Weil...da sind zwei von euch."

Ich hob meinen Kopf aus ihren köstlichen Schenkeln hervor. Ihre innere Muskulatur zog sich gierig um meine Fingerspitze herum zusammen und versuchte sie hineinzuziehen. Ihre Klit wurde unter meiner Zunge grösser und härter und ihre Creme trat aus ihr aus und benetzte mein Kinn. Es gab keine Frage, dass sie bald kommen würde, aber ihre Gedanken wurden zu sehr von ihrer Moral abgelenkt. Es war eine Hürde, die wir überwinden mussten, genauso wie wir ihr Jungfernhäutchen überwunden hatten. Es würde Zeit dauern, aber es war einer der wichtigsten Aspekte, mit Ian und mir verheiratet zu sein. Sie würde sich daran gewöhnen, von uns beiden befriedigt zu werden. Gemeinsam.

Deshalb wischte ich langsam mit meinen Handrücken über mein Kinn. „Dann werde ich aufhören."

Sie machte die Augen auf und schaute mich an. Ihr Körper war ruhig. „Was?" fragte sie und war jetzt noch verwirrter als vorher.

„Wenn du nicht kommen willst, dann höre ich auf", wiederholte ich und stieg vom Bett. Mein Schwanz war hart wie ein Stein, aber er musste warten.

Ian ließ ihre Beine los uns setzte sich auf. Die Verwirrung in ihrem Gesicht mischte sich mit Erregung. Sie hatte keine Ahnung, wie hübsch sie mit ihren feuchten, langen Haaren war. Lange Locken fielen über ihre Schulter und auf ihre aufgerichtete Brust. Ihre Haut war rot und die Art und Weise wie sie mit verschränkten Beinen dasaß, entblößte ihre nackte Fotze. Die geschwollenen, rosafarbenen Falten konnte nicht übersehen werden.

Ian rührte sich hinter ihr und stieg ebenfalls vom Bett, ging zur Anrichte und nahm eine kleine Schachtel heraus, in der handgefertigte Analstöpsel aufbewahrt waren. Er machte sie auf und nahm den kleinsten zusammen mit einem Glasbehälter mit Gleitcreme heraus. Ich hatte die Ehre, ihre Jungfräulichkeit zu nehmen und war der erste, der ihre Süße zwischen ihren Schenkeln probieren durfte. Deshalb war Ian an der Reihe, ihren Körper zu bearbeiten. Wir brachten ihr bei, dass wir uns zurzeit einer nach dem anderen um sie kümmerten.

Ian saß auf der Bettkante. „Beugt dich über meinen Schoß, Liebes."

Sie machte ihre Augen weit auf und sprang zur anderen Seite des Bettes und drückte ihren Rücken gegen die Wand. In dieser Position stellte sie uns ihre Vorzüge nur noch mehr zur Schau. Ich schwelgte im Anblick ihrer nackten Fotze und ich starrte sie nur an, während Ian übernahm. Ich lehnte mich gegen die Tür und war entspannt und bereit, zu sehen, was als nächstes passierte. Der bloße Anblick, wirr und nackt, veranlasste mich dazu, meinen Schwanz in meiner Hose zu richten.

„Du schlägst mich nicht. Ich habe nichts falsch gemacht!"

„Nein, Liebes. Du warst so anständig. Ich will, dass du dich über mein Knie legst, damit wir mit deinem Arsch-Training beginnen können, nicht um dich zu schlagen."

„Mein...was?" Ihre Augen waren geweitet und ihr Mund stand offen.

„Wir Schotten – Briten, auch, so wie Kane – sagen Arsch, aber du kannst stattdessen Hintern sagen. Sag es, Liebes." Als sie das nicht tat, hob Ian eine Augenbraue an, um auf ihre Kühnheit, sich zu widersetzen, hinzuweisen.

„Hintern", jammerte sie und schaute auf ihre Zehen.

„Sehr gut. Jetzt, komm her." Seine Stimme klang eine Oktave tiefer.

Emma blickte uns beide an und überdachte ihre Optionen und die Konsequenzen. Sie war eine kluge Frau, gebildet. Ich musste sie nicht *kennen*, um zu wissen, dass sie aus gutem Hause kam. Mit langsamen Bewegungen – ihre nackten Füße leise auf dem hölzernen Fußboden – kam sie um das Bett, um sich vor Ian zu stellen.

Er erfasste ihr Genick und zog sie für einen Kuss zu sich. Ich drückte mich von der Wand ab, um direkt hinter ihr zu stehen. Mein Schwanz klopfte gegen ihren Rücken. Meinen Kopf senkend küsste ich ihre nackte Schulter und schob ihre Haare aus dem Weg und glitt mit meinen Händen ihre Arme auf und ab. Nur weil sie nicht kommen wollte, bedeutete das nicht, dass wir stark genug waren, um unsere Hände von ihr zu lassen.

Sobald Ian den Kuss beendet hatte, ging ich wieder an meinen Platz an der Wand zurück. Ian zog sie über seinen Schoß. Ihr Oberkörper lag auf dem Bett neben ihm und sie keuchte überrascht.

„Ian!" Sie drückte sich auf ihren Ellbogen hoch, drehte sich um und schaute über ihre Schulter. Aus den blauen Tiefen ihrer Augen wirbelten Flammen auf. Ians große Handfläche lag auf ihrem Rücken, um sicherzustellen, dass sie nicht aufstehen konnte.

Ian tauchte zwei seiner Finger in das Glas mit der Salbe und benetzte sie mit der klaren, schmierigen Substanz.

„Ich könnte dich die ganze Nacht küssen. Es ist unmöglich, dass mich dein Geschmack langweilen könnte, aber ich will deinen Arsch erobern", erklärte Ian. „Wir werden dich da ficken, oft, aber du bist noch nicht bereit. Mach dir keine Sorgen", antwortete er in einem beruhigenden Ton, als sie sich zu winden begann. „Wir wollen dir nicht weh tun und es ist unsere Aufgabe, dich vorzubereiten; deinen Arsch auf unsere Schwänze vorzubereiten."

Als seine Finger über das rosafarbene Fältchen liefen, sträubte sie sich und schlug um sich. „Nein. Das ist nicht richtig."

„Es ist richtig." Während er sprach, kreiste Ian mit seinen Fingern über ihren Arsch und drang langsam in sie ein. „Deinen Ehemännern zu dienen, sie zu befriedigen, ist die Aufgabe einer Ehefrau. Du wirst uns dienen, indem du uns alle deine Öffnungen zur Verfügung stellst. Deine enge Pussi, deinen köstlichen Mund und deinen schnuckeligen Arsch. Es wird uns Spaß bereiten, wenn du das tust und im Gegenzug werden wir dir das unglaublichste Vergnügen bereiten. Wir haben deine Fotze gefickt und es hat dir gefallen. Du hattest deine erste Lektion im Schwanzlutschen und du bist danach gekommen. Jetzt müssen wir deinen Arsch vorbereiten."

Ihr Körper versteifte such und sie ächzte, als einer von Ians Fingern den festen Ring innerhalb ihres schnuckeligen Arsches durchbrach. Sie kämpfte tapfer dagegen an, aber ihr Körper würde keinen Streit mit uns eingehen. Wir würden ihr alle Stellen zeigen, an denen sie Vergnügen finden konnte. Sie mochte vielleicht noch vorsichtig sein, aber sie würde es bald lieben, wenn wir mit ihrem Arsch spielen. Ich verbrachte eine lange Nacht mit meinem harten und pochenden Schwanz und wartete darauf, sie für mich selbst zu beanspruchen. Aber sie war noch nicht bereit und ihre Unterwürfigkeit Ian gegenüber würde erst einmal genug Befriedigung sein. Erst einmal. Bald würde sie uns vertrauen und wissen, dass wir ihr Wohl wollten; satt und mit jedem Zug gut befriedigt.

„Ich möchte alles von dir sehen, Liebes. Du machst das gut. Ian glitt langsam ein und aus und Emmas Körper sackte über seinem Schoß zusammen. Ihr Atem war unregelmäßig und laut. Als er tiefer und tiefer eindrang, quäkte. Kleine Geräusche entkamen ihrem Hals.

„Unser Freund Rhys ist ein gekonnter Zimmerer, auch mit der Drehbank. Er fertigt alle Dildos und Analstöpsel für uns, weißt du? Als Andrew und Robert Ann heirateten, hatte er einen für sie angefertigt. Obwohl wir dich noch nicht getroffen hatten, wussten Ian und ich, dass wir unsere Frau trainieren wollen. Rhys hat sie für uns gemacht und wir haben sie aufbewahrt und gewartet. Wir haben nur auf diesen Moment gewartet. Keine Sorge, ich werde den kleinsten Stöpsel benutzen."

Ich konnte nicht länger widerstehen und kniete mich auf den Boden neben ihrer Hüfte. Ich legte meine Hand neben Ians und glitt mit meinen Fingern zwischen ihre Schamlippen. „Sie ist tropfend feucht", kommentierte ich und schaute auf ihre glatten Schamlippen und Schenkel. Meine Wörter brachten ein weiteres Ächzen aus ihr heraus.

„Gefällt es dir, Liebes?" fragte Ian.

Sie schüttelte nichtssagend den Kopf.

„Dein Körper sagt uns etwas anderes, Liebes. Kannst du es spüren, wie all die geheimen Stellen in deinem Arsch auf meine Berührung hin aufwachen? Kane kann fühlen wie glatt du gerade bist. Die Hände beider deiner Männer berühren dich, Liebes." Armes Mädchen, so bedürftig."

Vorsichtig nahm Ian einen zweiten Finger hinzu und fickte sie langsam damit, dehnte sie aus, während ich langsam ihre Klit fand, die hart und willig pochte.

„Nein." Sie atmete in kurzen Zügen und hatte ihre Augen geschlossen. „Ich...ich mag das nicht!"

„Was? Du findest kein Vergnügen darin, wenn ich dich hier berühre? Du magst es nicht, wenn Kane sieht, wie dein Arsch zum ersten Mal ausgedehnt wird? Wie er mit deiner Klit spielt?"

Sie schob ihre Hüften zurück und realisierte nicht, dass sie seine Finger tiefer in sich wollte, vielleicht meine auch. Als Ian noch tiefer in sie eindrang, begann sie zu weinen. Nicht aus Schmerz, ganz sicher nicht. Wir würden sie niemals berühren und ihr Schmerzen zufügen. Das Gegenteil war der Fall. Sie musste so sehr kommen, dass sie in eine tiefe Frustration fiel, die ihre überwältigenden Gefühle durch Tränen anstatt Entspannung entkommen ließ. Es war falsch.

Ian nahm mit seiner freien Hand den kleinen Stöpsel, den Rhys so fachmännisch gefertigt hatte, tauchte ihn in das Glas, um ihn dick einzusalben und zog dann zärtlich seine Finger heraus. Ihr Körper sackte dabei auf seinem Schoß zusammen. So wie ihr Körper Ians Finger umklammerte, stellte ich mir vor, wie sich der einschnürende Griff ihres Körpers um meinen Schwanz anfühlen würde. Ich unterdrückte ein Stöhnen, während mein Schwanz immer mehr anschwoll.

Bevor er den Stöpsel gegen ihre Öffnung drückte, konnte ich sehen wie sie sich nur kurz öffnete und sofort wieder schloss. Ian gab ihrem Körper keine Gelegenheit dazu und brachte den glitschigen Stöpsel mit einem langsamen, weichen Zug hinein. Sie stöhnte und alle ihre Muskeln spannten sich wieder an, also strich ich mit meiner Hand an ihrem Bein auf und ab und versuchte, sie auf diese Weise zu beruhigen.

In Position gebracht war der dunkle hölzerne Griff, der nur ein bisschen hervortrat, leicht zu sehen. Sie war leicht geöffnet und es war nur der Anfang für sie, sich auf unsere Schwänze einzustellen. Ihre geschwollenen und erregten Schamlippen fühlten sich heiß und feucht an. Ich hatte ihren Körper in Flammen gesetzt, als ich noch vor wenigen Minuten meinen Mund an ihr hatte. Obwohl sie nicht wollte, dass mit ihrem Arsch gespielt wurde, bestand kein Zweifel daran, wie sehr es ihr Vergnügen und ihr Bedürfnis, zu kommen, intensiviert hatte. Ihre Schenkel waren von ihrem Honig glatt und ihre Haut war feucht. Ich brachte meine Hand runter und spielte mit ihrer Klit. Emma krümmte ihren Rücken und schrie auf.

Ihr Schluchzen war ein Zeichen aus ihrem Inneren, das an meiner Kontrolle zerrte.

„Komm, Baby. Nur Vergnügen", erklärte ich ihr und fuhr damit fort, ihre Fotze und ihr Bein zu streicheln.

„Wir haben dich zum Höhepunkt gebracht."

Als sie nicht sofort reagierte, stupste ich noch einmal gegen ihre Klit.

Schniefend sagte sie: „Ich...ich will das Ding nicht in mir haben. Es ist zu groß."

Sie fokussierte sich immer noch darauf, was wir mit ihr taten, anstatt ihren Gefühlen freien Lauf zu lassen.

„Nicht so groß wie einer unserer Schwänze, Emma", erinnerte ich sie. Wir werden dich gleichzeitig ficken, Baby. Ian in den Arsch und ich in die Fotze."

„Wie...wie ist das möglich?" fragte sie atemlos.

„Es ist möglich, Liebes. Mehr als das. Es *wird* passieren", sagte Ian.

Sie stöhnte und stellte sich wahrscheinlich vor, wie viel voller sie sein würde, wenn wir sie endlich ficken würden.

„Du hast dich so gut verhalten. Komm jetzt für uns. Lass es uns sehen. „Zeig uns, dass du ein gutes Mädchen bist", forderte Ian.

„Nein", schniefte sie, „Das kannst du nicht tun. Oh Gott."

Sie war so verzweifelt, so verloren. Wir würden sie entscheiden lassen: Kommen oder Herumkommandieren. Es war klar, dass ihr das Kommen befohlen und die Entscheidung abgenommen werden musste, sich dem Vergnügen hinzugeben. Ich wollte, dass sie sich hingibt. Wenn Ian seinen Ton oder seine Wortwahl auch nur ein bisschen ändern würde, um weniger beruhigend und kommandierender zu sein, würde Emma höchstwahrscheinlich wie ein Feuerwerkskörper am 4. Juli hochgehen.

Es war offensichtlich, wie verklemmt sie war. Wie sehr ihr Kopf die Kontrolle über ihren Körper hatte. Und so würde heute noch eine andere Lektion gelehrt werden. Bei ihrer Antwort zog Ian den Stöpsel vorsichtig und langsam aus ihrem Arsch heraus und wir halfen ihr dabei, sich hinzustellen und hielten sie fest, bis sie sich halten konnte. Wir hätten den Stöpsel als Teil des Trainings länger in ihr gelassen, aber sie musste lernen, dass es etwas Schönes war, wenn wir mit ihrem

Arsch spielten und nichts, weshalb sie sich schämen musste. Es würde sie zum Orgasmus bringen – dafür würden wir sorgen – und sie verweigerte sich diese Erlösung selbst. Wir beide hatten unsere Hände an ihr, spielten mit ihr, aber sie weigerte sich trotzdem noch. Deshalb würden wir ihr das geben, was sie sich wünschte. Sie würde es schon früh genug *wollen*, dass wir sie da anfassen; von uns beiden zur gleichen Zeit angefasst zu werden. Bis sie das erkannt hatte, würde sie in diesem erregten Zustand bleiben.

Ich blieb stehen. „Ziehen wir dich an. Jeder wird sich wundern, was wir hier getrieben haben."

Es war sehr schwer bei Emmas Blick nicht zu lächeln. Die Erregung war in ihren blauen Augen, die vor lauter Verlangen benebelt waren, zu erkennen. Ihr Mund war offen und sie atmete in kurzen Zügen. Ihre Wangen waren rosa und die Errötung lief den Nacken bis zu ihren Brüsten hinunter. Ein helleres Rosa färbte ihre vollen Nippel und sie drückte ihre feuchten Schenkel zusammen. „Aber..."

Ian legte einen Finger über ihre Lippen. „Schhh. Du willst nicht kommen und das ist in Ordnung. Wir werden dir immer Vergnügen bereiten, Liebes, du musst es nur akzeptieren. Es ist Zeit, zu essen."

Sie runzelte die Stirn und ihre weiche Augenbraue machte einen Knick, der Verwirrung ausdrückte.

Ian ging ins Bad und kam mit ihrem blauen Kleid zurück. Er legte es auf den Boden und ich half Emma dabei, es anzuziehen. Ich half ihr in die Ärmel und begann damit, die Knöpfe auf der Vorderseite zuzuknöpfen.

„Wie wir es in der Kutsche gesagt hatten, kein Höschen für dich. Für mich wird es ziemlich unbequem sein, beim Abendessen mit einem harten Schwanz zu sitzen, nur weil ich weiß, dass deine Pussi rasiert und nackt ist."

„Jawohl", stimmte Ian zu.

„Dieses Kleid ist bis nach dem Essen temporär. Dann können wir Ann um etwas Kleidung bitten. Ihr seid beide etwa gleich groß und ihre Kleider können fürs Erste etwas für dich sein. Vielleicht müssen sie ein wenig umgenäht werden."

Während ich die Knöpfe über ihren Brüsten zuknöpfte, strich ich mit den Seiten meiner Hände über ihre sensiblen Nippel und ein Seufzer entkam meinen Lippen. Sie würde schnell lernen, dass der Anstand hintenangestellt werden musste, während wir hier auf der Ranch waren. Bis sie darum bitten würde, zu kommen – darum betteln –, würde sie in diesem unheimlichen Zustand bleiben. Und so würden es Ian und ich tun.

12

MMA

DAS ABENDESSEN WAR keine kleine Angelegenheit. Obwohl das Haus nur Kane und Ian gehörte, war das Esszimmer riesig und der Tisch groß genug für bis zu zwanzig Personen. Alle Männer, die ich vorher kennengelernt hatte, saßen um den Tisch herum und standen auf, als ich eintrat. Es gab einige neue Gesichter, darunter auch eine Frau.

„Ich bin Ann", sagte sie, „Es wird sehr nett sein, eine andere Frau da zu haben." Sie war möglicherweise einige Jahre älter als ich und hatte ein breites Lächeln und ein weiches Wesen. Ihre Haare waren hellblond und hübsch nach hinten in einen Dutt gebunden. Mit der hellen Haut und den blauen Augen sah sie ziemlich attraktiv aus. Wie Kane gesagt hatte, waren wir etwa gleich groß, allerdings war mein Busen viel üppiger als ihre zierlichen Kurven. In meinem kitschigen, blauen Kleid und mit meinem zerzausten Haar, das in meinen Rücken hing, schaute ich so mutwillig, wie ich mich fühlte.

Ich zwang ein Lächeln auf meine Lippen, aber es war

schwierig, da ich wusste, dass jeder im Raum die Gründe für unsere Verspätung kannte. Wenn nicht, dann würde ihnen mein derartiges Auftreten eine Antwort liefern. Meine Wangen waren rot und ich konnte die Hitze spüren. Meine Nippel waren feste, kleine Knospen unter dem Stoff und ich trug kein Korsett, um diese Tatsache zu verstecken.

Meine Pussi, meine Fotze, wie Kane und Ian sie nannten, pochte und pulsierte vor lauter unerwidertem Bedürfnis. Es fühlte sich...merkwürdig an, rasiert zu sein. Weich und spürbar glatt. Mein Hintern war wund von Ians Fingern und dem harten Stöpsel, aber auch er pulsierte und kleine Funken des Vergnügens sprühten jedes Mal, wenn ich mich nach vorne beugte.

Ian zog einen Stuhl für mich hervor und ich setzte mich, ohne nachzudenken, hin, und meine Ehemänner setzen sich links und rechts von mir. „Das sind Robert und Andrew, Anns Ehemänner", sagte Kane und zeigte auf zwei Männer, die mir gegenübersaßen und lächelten und nickten. Alle Männer auf dieser Ranch waren groß, als ob es an der frischen Luft, schweren Arbeit und dem guten Essen lag.

Die Teller und Schüsseln voll Essen wurden herumgereicht und Kane und Ian legten mir von jedem etwas auf meinen Teller. Ich war dankbar, dass sie mich bei dieser Aufgabe unterstützten, denn meine Gedanken waren so zerstreut, aber gleichzeitig doch auf meinen Körper und mein Verlangen danach, kommen zu wollen, gerichtet.

„Die Männer haben ihre eigenen Häuser, aber wir essen unsere Mahlzeiten gemeinsam", fuhr Kane fort. Er verhielt sich so, als ob vor wenigen Minuten gar nichts passiert war, und das, obwohl er gesagt hatte, dass sein Schwanz hart war. Möglicherweise konnte er sein Bedürfnis besser verstecken als ich. „Ann kommt morgens zum Kochen, zusammen mit einem der Männer. Die Rollen wechseln täglich, also hat sie immer Hilfe. Du kannst deine Hilfe auch anbieten, oder vielleicht bist du bereit oder Erfahren in irgendeinem anderem Bereich auf der Ranch."

Ich stichelte in meinem Essen auf meinem Teller herum und hörte Kane zu, aber konnte mich nur auf meinen Körper konzentrieren. Ich konnte mir nicht anders helfen, als meine Schenkel zur Linderung des Schmerzes zusammenzudrücken, obwohl das auch nicht zu helfen schien. Ich war nicht nur davon wund, dass mein Jungfernhäutchen zerrissen wurde, sondern auch davon, dass Ian meinen Hintern vorbereitete. Ich wand mich auf dem harten Stuhl, um Linderung zu erreichen. Nichts schien zu helfen. Ich befürchtete, dass die einzige Lösung war, was die Männer nicht nur einmal angeboten hatten, sondern zweimal – die süße Entspannung. Ich musste kommen.

„Iß etwas, Liebes." Ian lehnte sich vor und küsste meine Augenbraue und wandte sich dann wieder seinem Essen zu.

„Ist alles in Ordnung?" fragte Ann, die mir gegenübersaß. Sie neigte ihren Kopf und betrachtete mich. „Du siehst fiebrig aus. War die Reise zu anstrengend?"

Ich schüttelte meinen Kopf und hatte kein Interesse daran, preiszugeben, *warum* ich so überhitzt aussah.

„Du kannst dich sicherlich noch an deinen ersten oder zweiten Tag als Braut erinnern, Ann, Emma kümmert sich um die Bedürfnisse von zwei sehr leidenschaftlichen Männern." Es war entweder Robert oder Andrew, der sprach. Ich konnte nicht mich erinnern, wer den Bart hatte und wer blond war.

Erkenntnis spiegelte sich im Gesicht der Frau wieder. „Es ist nicht zu schlimm, oder?" fragte Ann und biss sich auf die Lippe. Ihr Blick schoss zu ihrem Ehemann an ihrer Seite.

„Schlimm?" fragte ihr Ehemann. „Wenn ich mich richtig erinnere, kam Kane angerannt, weil er dachte, dass du geschlagen wurdest, als du eigentlich vor lauter Vergnügen geschrien hast."

Kane kicherte. „Ich erinnere mich ziemlich gut daran."

„Erinnerst du dich, *warum* du so hart gekommen warst?"

Ann errötete bis auf die Haarwurzeln ihrer blonden Haare. „Ich...ich kann das nicht sagen."

„Es war das erste Mal, dass wir deinen Arsch gedehnt hatten. Du hast es als äußerst erregend empfunden."

„Robert", tadelte ihn Ann und schaute auf ihr unberührtes Essen. Sie rückte auf ihrem Stuhl hin und her.

„Ich weiß, dass es schwierig für dich ist, zu sagen, wie du uns befriedigst, aber es ist etwas, das du üben musst. Wenn du ihr nicht von deinem Vergnügen erzählst, dann wirst du ihr von deinen Bestrafungen erzählen." Andrews Stimme war tief, auch wenn sie geduldig und ruhig klang. Keiner der Männer hatte einen britischen Akzent.

„Aber...ich möchte niemandem davon erzählen."

„Es ist keine Schande. Du kannst ihr von der Bestrafung erzählen oder sie kann aus erster Hand zuschauen." Ich bemerkte Andrews strengen Ton, den ich auch von Kane und Ian schon kannte.

„Ich erhalte Prügel", antwortete sie und wand sich auf dem Stuhl. Die Antwort war kurz und traf die Forderung ihres Ehemannes, aber dem Stirnrunzeln beider Ehemänner nach zu folgern, war das nicht die Antwort, die sie erwartet hatten.

„Emma hatte höchstwahrscheinlich von der Bestrafung schon erfahren", antwortete Robert. „Gib ihr doch bitte einen Grund, warum du verprügelt wurdest."

Ann benetzte ihre Lippen. „Ich war dem Hengst in dem Außengehege zu nahegekommen."

Ich war eine erfahrene Reiterin, aber ich konnte nicht wissen, wie schlimm ihre Handlung war.

Andrew verdeutlichte es für mich. „Der Hengst war wild auf die rossige Stute und nur darauf bedacht, sie zu besteigen. Ann hatte unsere Warnungen für ihre Sicherheit nicht befolgt und sich dem Tier genähert."

Es klang gefährlich.

„Ann ist das kostbarste Wesen auf der Welt und wir können ihre Sicherheit nicht garantieren, wenn sie die Regeln auf der

Ranch nicht befolgt." Robert strich mit dem Handrücken über Anns Wange. Sie drehte ihr Gesicht und lächelte Robert liebevoll an. Andrew strich ihr über die hellen Haare und sie drehte sich als nächstes zu ihm.

Ihre Liebe war offensichtlich und bestraft zu werden, schien ihre Beziehung nicht negativ zu beeinflussen. Während Ian und Kane streng und deutlich gewillt waren, mich an ihre Erwartungen heranzuführen, waren sie wegen meiner vorherigen Sünden aber auch nicht nachtragend. Mit einer Bestrafung war alles vergessen. Ich musste mich nicht darum sorgen, dass sie mich für eine unwürdige Braut hielten – durchaus das Gegenteil war der Fall. Sie schienen, mit mir sehr zufrieden zu sein. Ich war diejenige, die mit der Regelung zu kämpfen hatte.

Die anderen Männer am Tisch aßen, als wären sie fast verhungert. Das Besteck kratzte über das Porzellan, während sie alles von ihren Tellern aufaßen und nach den Schüsseln und Tellern griffen, um sich Nachschlag zu nehmen. Aber es bestand keine Frage, dass sie dem Gespräch folgten.

„Hör auf dich zu winden, Schatz", sagte Andrew zu Ann.

„Es tut mir leid, aber es ist–" Sie lehnte sich vor und flüsterte in sein Ohr.

„Es gefällt uns, zu wissen, dass du einen Stöpsel in deinem Arsch hast. Tatsächlich ist gefallen nicht das richtige Wort. Du bist nicht die einzige, für die es am Tisch unbequem ist."

Ann wirkte verwirrt und Andrew nahm die Gabel aus ihrer Hand und legte sie auf ihren Teller, und senkte ihre Hand dann auf seinen Schoß. „Oh!" schrie sie.

Ihre beiden Ehemänner sahen Ann mit sehr erhitzten, sehr erregten Blicken an.

Kane lehnte seinen Kopf zu mir. Ich bemerkte seinen sauberen, männlichen Geruch. Seife und noch etwas, das ich nicht erkannte, aber es war berauschend. Ich presste meine Schenkel zusammen. „Wie du sehen kannst, sind Ian und ich nicht die einzigen mit harten Schwänzen."

Es gab mir ein Gefühl von Genugtuung, zu wissen, dass meine Männer so erregt waren wie ich. „Worauf spielen sie an?" fragte ich.

„Sie hat einen Stöpsel in ihrem Arsch."

Meine Augen weiteten sich bei dem Gedanken, meinen Hintern geöffnet und ausgedehnt zu haben, so wie es vorher bei dem Essen der Fall gewesen war. In aller Öffentlichkeit.

„Fragst du dich, warum sie jetzt, beim Abendessen, einen Stöpsel in sich hat?" Ian lehnte sich vor und flüsterte.

Es war, als ob er meine Gedanken lesen konnte. Ich nickte kurz und bestimmt.

„Alles zu seiner Zeit. Du behältst den Stöpsel für eine Weile in deinem Arsch, damit du in der Lage sein wirst, einen Schwanz zu nehmen, um beide von uns gleichzeitig zu nehmen", erklärte mir Kane. „Dich auszudehnen, dich mit dem Stöpsel für einige Minuten auszufüllen, war erst der Anfang."

„Sicher nicht beim Abendessen?" quiekte ich.

Ian zuckte beiläufig mit den Schultern. „Das müssen wir sehen, weißt du, und bevor du etwas anderes sagst, ist es nicht deine Entscheidung."

„Wir entscheiden, was für dich am Besten ist", fügte Kane hinzu. „Ebenso wie Robert und Andrew für Ann entscheiden."

„Es ist das Beste einen...Stöpsel in mir zu haben?"

„Einen Schwanz in deinem Arsch zu haben, damit wir dich gleichzeitig nehmen können, ja. Wir haben nicht vor, dir weh zu tun und werden dieses köstliche Loch von dir nur beanspruchen, wenn du wirklich darauf vorbereitet bist", sagte Kane, während er sein Steak schnitt. Dieses Gespräch war lächerlich; beim Essen über Stöpsel und Hintern zu sprechen, war unvorstellbar. Bis jetzt.

„Vorbereitet und erregt", fügte Ian hinzu.

Bei dem Gedanken musste ich schlucken und erinnerte mich an die Größe ihrer Schwänze, wie groß sie sich angefühlt hatten, als sie mich gefickt hatten. Wie gut es gewesen war. Sie wollten sie...dort reinstecken? Einen in meinen Hintern und einen in meine Pussi, und das gleichzeitig? Wo war ich hier bloß reingeraten? Und warum, *warum* war die Vorstellung davon, wie sie mich auf diese Art und Weise nehmen, nur wie ein Tropfen auf dem heißen Stein?

„Ann gefällt es, wenn wir sie in den Arsch ficken. Und das tun wir oft", sagte einer ihrer Männer. „Wir sind sehr vorsichtig und vergewissern uns, dass sie für uns bereit ist. Sie benötigt einen Stöpsel, damit sie stets gedehnt ist und damit sie uns jederzeit nehmen kann."

„Wir tun es für sie", fügte der andere Mann hinzu. „Alles, was wir tun, ist für Ann."

„Das ganze Gespräch ist merkwürdig für das Abendessen", kommentierte ich. „Allgemein merkwürdig."

„Hast nicht zwei Ehemänner erwartet?" fragte Rhys. Ich sah den Tisch entlang zu dem dunkelhaarigen Mann.

„Natürlich nicht", antwortete ich.

„Hast angenommen, dass du unter der Decke im Dunkeln gefickt werden würdest?" fragte Ian und hob seine Augenbraue leicht an.

Ich spürte, wie meine Wangen heiß wurden. „Das ist, was ich gehört hatte", antwortete ich. Ich dachte an Thomas und Allen und Clara und sie hatten durchaus eine Alternative zum Bett geboten. Was ich für meine Ehemänner in der Kutsche hatte tun müssen, hatte auch meine Perspektive geändert.

„Möglicherweise, Baby, war das, was du gehört hast, nicht normal", sagte Kane, der seine Hand auf meine legte und leicht drückte. „Möglicherweise, *ist* das, was wir hier in Bridgewater tun normal."

Ich runzelte die Stirn. „Was ist denn schon normal?"

„Normal ist, was auch immer ein Ehemann wünscht. Was auch immer einer Ehefrau gefällt. Es könnte sich dabei um einen einfachen Fick handeln."

„Es könnte Arschficken sein", fügte Ian hinzu.

„Popo-Spielchen", sagte Andrew.

„Schwanzlutschen."

„Muschilecken."

„Egal wo."

„Überall."

Alle Männer fügten noch etwas zu dem sinnlichen Gespräch hinzu, bis mein Verstand mit einem Überfluss an Variationen gefüllt war, die ich nie für möglich gehalten hatte.

„Deinen beiden Ehemännern gefallen", sagte Ann. Andrew und Robert drehten sich zu ihr. Andrew hob ihren Kopf zu ihm, damit er sie küssen konnte, dann war Robert an der Reihe.

„Schau, Liebes, es gibt keinen Grund, sich zu schämen", sagte Ian beruhigend. „Du musst nur erregt sein. Was wir vorhin mit dir gemacht haben, mit dem Arsch-Training zu beginnen–"

„Deine köstliche Pussi zu probieren", unterbrach Kane.

„–kommt alles deinem Vergnügen zu Gute. Und du hast dir die Entspannung selbst verboten."

„Emma, denk an diese Worte von einer anderen Frau", sagte Ann und lehnte sich vor. „Wenn dir deine Männer Vergnügen anbieten. Nimm es an. Akzeptiere es. *Genieß* es." Sie grinste.

Während ich auf meinem Stuhl hin und her rutschte, bemerkte ich, dass ich zwischen meinen Beinen Schmerzen hatte. Aber nicht, weil mich beide Männer genommen hatten. Nein, es war das Pulsieren des kleinen Nervenbündels, das ich in der Kutsche gerieben und berührt hatte, bis ich schrie, genau da wo Kane geleckt und gesogen hatte. Oben hatten sie mich bedürftig zurückgelassen, weil ich sie darum gebeten hatte. Ich sehnte mich jetzt danach, dass sie mich berührten und ich wusste, dass es der einzige Weg war, dass dieser Schmerz verschwinden würde. Meine Nippel wurden unter dem Kleid fester und mit jedem Gedanken härter. Wie Ann schon gesagt hatte, ich musste es akzeptieren und ich würde es ganz bestimmt genießen."

„Es gab Männer in Bozeman, die Fragen stellten", sagte

einer der Männer und änderte somit zum Glück den Verlauf des Gesprächs. Ich konnte mich nicht an seinen Namen erinnern, aber er hatte dunkle Haare und ebenso dunklen Augen.

Alle hörten auf zu essen und es wurde plötzlich still im Raum.

„Wie hast du davon gehört, Simon?" fragte Ian mit grimmigem Ton.

„Ich war in der Stadt, als du weg warst und Taylor hat im Saloon geplappert."

„Du hast ihn also betrunken gemacht", vermutete Mason.

Simon nickte. „Habe ihn zu einem Kartenspiel überredet. Nichts von dem, was er über die Männer erzählte hatte, hätte mein Interesse geweckt, aber er hatte erwähnt, dass sie lustige Akzente hatten. Seine Worte, nicht meine."

Diese Gruppe Männer war die mit den lustigen Akzenten, aber herauszufinden, dass es andere – oder einige Männer – gab, die auf eine ähnliche Art und Weise sprachen, besonders in Montana Territory, war denkwürdig.

„Es war nur eine Frage der Zeit", sagte Ian, der enttäuscht seinen Kopf schüttelte.

„Es ist fünf Jahre her", entgegnete Mason und zeigte mit einer Gabel auf Ian.

„Evers gibt nicht auf."

Als die Männer weiteraßen, schien das Gespräch zu Ende zu sein. Ich wandte mich Ian zu. „Wer ist Evers?"

Er sah mich an und lächelte und kleine Fältchen kamen an seinen Augenwinkeln zum Vorschein. Selbst in der kurzen Zeit, die ich ihn nun kannte, wusste ich, dass das Lächeln erzwungen war und dass er versuchte, mich zu beschützen. Er wollte, dass ich mir keine Sorgen machen musste. „Nur jemand, mit dem wir mal zusammengearbeitet haben. In der Armee."

„In England?" fragte ich.

„Mohamir."

„Mohamir? Ist das in der Nähe von Persien?", fragte ich.

Kane nickte und ich sah in seine Richtung. „Ja."

Die Männer aßen ohne weitere Diskussion auf, alle offenbar still in ihren Gedanken. Es schien, dass ich keine Details von dem, was vor Jahren passiert war, erfahren sollte. Keiner schien ein Gespräch darüber beginnen zu wollen, aber es schien sie alle im Geist beeinflusst zu haben. Nach der Mahlzeit standen sie auf und räumten den Tisch ab, indem sie alle Teller zum Abwasch in die Küche trugen. Es schien, dass Mason heute Abend nicht nur der Helfer beim Kochen, sondern auch für den Abwasch zuständig war; von dem, was vorhergesagt wurde, müssen sie diese Aufgabe immer wechseln. Ich errötete, als ich daran dachte, wie er eben zur Schlafzimmertür gekommen war und daran, wie zu der Zeit meine Beine von Ian nach hinten gedrückt worden waren, während mich Kane rasierte. Glücklicherweise hatte Kane den Mann davon abgehalten, mich nackt und unanständig zu sehen, aber er wusste sicherlich, was die Männer getan hatten. Meine Wangen brannten.

Als mich Mason dabei erwischte, wie ich ihn ansah, lächelte er mir zu und zwinkerte. Ich errötete nur noch mehr und schaute weg. Während ich in der Mitte der Küche stand, wirbelten die Männer um mich herum und ich fühlte mich überwältigt. Alle waren miteinander vertraut, so organisiert, und alles schien so mühelos. Ich fühlte mich fehl am Platz, unwohl und versuchte, bloß keinen Fehler zu machen. Anstatt im Gedränge zu bleiben, entschied ich mich zum Helfen, indem ich alle übrigen Teller nahm und sie in das Esszimmer zurücktrug, nur um auf meinem Weg genau im Türrahmen stehen zu bleiben.

In der Ecke war Ann mit den Händen gegen die Wand und Robert war direkt hinter ihr. Er fickte sie. Naive wie ich nun mal war, wusste ich, was ich da sah, obwohl ich niemals gewusst hätte, dass es im Stehen möglich war. Roberts Hose war offen genug, um seinen Schwanz rauszulassen, der aus der

Entfernung ziemlich groß war. Er stieß ihn komplett in Ann, zog ihn dann wieder heraus und behielt dabei seine Hände an ihren Hüften, zog sie zurück und hielt sie so am Platz, während er sie wieder und wieder füllte.

Andrew stand neben ihr. Er hatte seinen Schwanz aus der Hose gezogen und strich mit seiner Hand auf und ab. „Gutes Mädchen, Ann. Keiner von uns konnte es abwarten, dich zu ficken. Wir haben gesehen, wie du dich auf deinem Stuhl hin und her bewegt und gewunden hast. Dabei auch noch zu wissen, dass dein Arsch schön gefüllt war, zu wissen, dass du uns gehörst."

Seine Worte waren nicht rau, sondern freundlich, gefällig. Beruhigend. Ann schrie auf und das definitiv aus Vergnügen. „Ja, oh, Robert. Härter."

„Gefällt dir, was du siehst?"

Die Worte in meinen Ohren ließen mich aufspringen und meine Hand flog zu meiner Brust. „Ian, du hast mich erschreckt."

Du denkst vielleicht, dass Andrew und Robert grobe Männer sind, vielleicht sogar gemein, weil sie so offen über Ann sprechen. Sehen sie so gefühllos aus?"

Genau in dem Moment kam Ann und ihr Zeichen des Vergnügens entkam ihr in Form eines tiefen Stöhnens.

Das Geräusch drang durch mich durch. Ich wollte dieselbe Aufmerksamkeit, die Ann gerade bekam, auch von meinen Ehemännern. Ich wollte spüren, was Ann spürte: Ungedämpftes Vergnügen, bis auf die Knochen. Ich verlagerte mein Gewicht von Bein zu Bein und rieb meine Schenkel, die jetzt entschieden feucht waren. Meine Nippel wurden fast schmerzlich hart.

„Siehst du? Sie schätzen Ann, so wie wir dich schätzen."

„Warum machen sie es, wo wir es sehen können?"

„Sie kümmern sich um sie. Du hast gesehen, dass Andrew am Tisch erregt war. Keiner der beiden konnte warten. Sie will von ihren Männern, dass sie es erkennen, wenn sie für einen guten Fick bereit ist. Sie windete sich beim Abendessen weniger wegen des Stöpsel, sondern vielmehr, weil ihre Fotze bereit war, gefickt zu werden. Ihre Bedürfnisse kommen zuerst, egal wo. Wir alle verstehen das. Außerdem weiß Ann, wie sehr sie ihren Ehemännern gefällt und sie haben auch keine Angst, es zu zeigen."

Andrew stieß noch ein weiteres Mal zu und hielt sich tief in ihr, während sie die Zähne zusammenbiss und sein Griff um ihre Hüften fester wurde. Nach einem Moment zog er seinen erschlafften und mit Samen tropfenden Schwanz aus Ann heraus. Darunter war ein dunkler Gegenstand zu sehen, der aus ihrem hinteren Eingang hervorstach. Oh! Das war der Stöpsel? Es sah so groß aus! Sie konnten sie mit dem in ihr drin nehmen?

Robert nahm Andrews Platz hinter Ann ein und füllte sie ohne großen Aufwand. „Ann, du bist so eng und so glatt vom Samen."

Ian ergriff meinen Arm und führte mich aus dem Raum heraus zu den Treppen, während uns Anns Gestöhne verfolgte. „Wo gehen wir hin?"

Kane wartete an der Treppe auf uns. „Du hast uns mit dem Essen verwöhnt, also kümmern wir uns um dich."

13

ANE

SIMONS WORTE beim Abendessen hatten mich abgelenkt und aufgeregt. Ich war schlichtweg wütend. Ich führte meine Ehefrau nach oben ins Schlafzimmer, um sie auszuziehen und zum Schreien zu bringen und ich dachte über die Männer nach, die hinter Ian her waren. Es gab keine Frage, dass es sich um Evers handelte oder jedenfalls Männer, die von Evers geschickt worden waren. Wenn sie Ian finden würden, würden sie ihn in England vor Gericht ziehen. Oder sie würden ihn zum Abhang schleppen und auf ihre eigene Weise der Selbstjustiz erschießen. Keiner von uns würde das geschehen lassen. Ian hatte nichts falsch gemacht und Evers wusste es. Aber seine eigenen, feigen Verbrechen Ian anzuhängen, ließ den Mann gut dastehen. Der Ruf eines Grafs durfte nicht durch ein Verbrechen wie das Töten beschmutzt werden, selbst nicht in Zeiten des Krieges. Selbst in einem Land, einer Kultur, die so anders war als Mohamir.

Als Ian die Tür hinter uns merklich schloss, musste ich diese Gedanken erst einmal beiseiteschieben. Emma benötigte unsere Aufmerksamkeit. Verdiente sie. Erforderte sie. Als sich unsere Blicke über ihren Kopf hinweg trafen, konnte ich seine Gedanken lesen. Egal was ihm zustoßen würde, ich würde mich um unsere Frau kümmern. Ich würde für sie da sein. Sie beschützen. Selbst wenn Ian weg war.

Verflucht nochmal.

Die Sonne war weiter untergegangen und das Zimmer wurde von einem weichen Abendlicht erleuchtet, aber es war nicht dunkel genug, dass man eine Lampe brauchte. Eine weiche Brise zog durch das offene Fenster und ich konnte die Männer draußen noch arbeiten hören. Als fertig saubergemacht war, erledigten sie alle übrigen Aufgaben im Stall und in ihre Häuser zurückgehen, die auf dem Anwesen der Ranch verstreut lagen.

„Hast du einen Mann jemals völlig nackt gesehen, Emma?" fragte Ian und knöpfte sein Hemd auf.

Sie schüttelte ihren Kopf und achtete dabei genau auf Ians Finger, denn er knöpfte sein Hemd auf seine breite Brust kam zum Vorschein.

„Ich war nackt, aber ich habe dich heute Morgen im Hotel unter der Decke gefickt", sagte Kane zu Ian und grinste dann verwegen. „Wir hatten wenig Zeit."

„Du wirst nicht mehr unter der Decke gefickt, bis der nächste Schneesturm einzieht. Deine Erregung hat mich das ganze Essen über gestört."

„Mein...meine Erregung?"

„Dein Geruch. Deine harten Nippel, die sich unter deinem Kleid abzeichneten. Deine roten Wangen. Zieh dein Kleid aus, Baby", sagte ich mit rauem Ton. Ich musste meinen Schwanz schon vorhin im Zaum halten, als ich mit meinem Mund zwischen deinen Schenkeln war und als ich Ian dabei zusah, wie er den Stöpsel in ihren jungfräulichen Arsch steckte. Selbst während des Abendessens. Jetzt konnte ich allerdings nicht länger warten.

„Stört es dich denn nicht, dass Mason weiß, was wir vorhin

getan haben? Sollten Andrew und Robert, das, was sie mit Ann taten, nicht geheim halten?" fragte sie, während sie ihr Mieder aufknöpfte. Die Frage störte mich nicht, da ich nur dankbar war, dass sie sich zwanglos ihr Kleid auszog.

Ich hielt beim Ausziehen inne und widmete ihr meine volle Aufmerksamkeit, da es eine ernste Frage war. Eine Wichtige.

„In Bridgewater gibt es keine Geheimnisse, Baby."

„Privatsphäre, ja, aber keine Geheimnisse", fügte Ian hinzu.

„Kein anderer Mann wird dich so sehr begehren, wie wir, wenn sie wissen, dass deine Pussi rasiert und perfekt weich ist. Sie werden nicht schlechter über dich denken, wenn sie hören, dass du schreist, wenn du kommst. In der Tat wird es sie eher wütend auf uns machen, wenn sie nicht wissen, dass du gut behandelt wirst. Dein Vergnügen bestätigt nur, dass wir gute Ehemänner sind."

„Du gehörst uns und das wissen sie", fügte Ian hinzu. „Genau wie Ann Andrew und Robert gehört, auch wenn wir sie unten beim Ficken gesehen haben. Die anderen Männer werden schon bald ihre eigenen Ehefrauen finden."

Während sie dastand, dachte sie über unsere Worte nach. Ihr Mieder war weit genug offen, dass die cremigen Schwellen ihrer Brüste hervortraten. Ich musste mich beruhigen. Ich wollte meine gesamte Anspannung abbauen, indem sich mein Körper in ihr verlor. Aber das würde nicht heute Nacht passieren. Ihre Fotze war wund und keine Option, um sich zu erleichtern, allerdings gab es viele andere Möglichkeiten, sie und im Gegenzug auch uns zu befriedigen.

Da Ian sie ablenkte und sie definitiv noch von vorhin erregt war, fummelte sie an den übrigen Knöpfen herum. Wir hatten sie bedürftig und willig zurückgelassen und ihr Orgasmus war so nah aber doch unerreichbar. Erst wenn sie das Vergnügen, unsere Frau zu sein, als Pflicht akzeptiert hatte, würden wir sie kommen lassen. Es war reine Selbstbestrafung.

„Warum macht dich dieser Mann, Evers, wütend?" fragte sie. Ich musste ihre vorherige Frage gut genug beantwortet haben, da sie das Thema wechselte. Es schien, nicht in ihrer Natur zu liegen, Sorgen unbeachtet zu lassen.

Ich hielt inne und runzelte die Stirn, als er den Reißverschluss an seiner Hose aufmachte. „Er war unser befehlshabender Offizier, während unserer Zeit in Mohamir."

„Unser?"

„Hör nicht auf, Emma. Ich will dich sehen", sagte ich und lenkte ihre Gedanken ab. Sie begann wieder ihre Finger zu bewegen, aber ich konnte an ihrem konzentrierten Blick in ihren wunderschönen Augen erkennen, dass sie nicht abzuhalten war. Ich wollte ihre Gedanken kennen, ihre Erfahrungen teilen, mehr über sie erfahren. Evers war bloß jemand, an den keiner von uns denken, geschweige denn reden wollte, besonders wenn der Hauch eines pinken Nippels erschien und das Kleid langsam von ihrer Schulter glitt.

„Kane und ich. Sowie Mason, Brody, Simon und Rhys." Ian sagte den Namen des letzten Mannes mit einer englischen Aussprache: „Reese."

„Wir waren zusammen stationiert, um die britischen Schiffe im Dardanelles für eine Zeitlang zu schützen, dann sind wir mit wichtigen, britischen Persönlichkeiten nach Mohamir gereist, um die religiösen und weltlichen Führer der Region zu treffen."

Ihr Kleid rutschte von ihrem Körper und fiel um ihre Füße herum zu Boden. Ian und ich hielten inne und schauten zu, wie sich ihre Nippel zusammenzogen. Es schien, dass ich ein wenig von ihren Nippeln besessen war.

Ich zog an meinem Hemd und riss meine Kleidung so schnell wie möglich vom Körper. Ian war bereits nackt und positionierte sich mittig auf dem Bett. „Komm zu mir, Liebes:"

Emma kletterte auf das Bett und Ian zog sie über seinen Brustkorb, küsste sie und schlang sicher seine Arme um sie. Mir wurde der Mund wässrig, weil ich sie küssen wollte. Es war schon zu lange her. Eine Stunde vielleicht?

„Evers tut jetzt nichts zur Sache", sagte Ian, der seinen Kopf anhob, um sie anzuschauen und um ihre Haare aus ihrem Gesicht zu streichen. „Um Gottes Willen, du bist so feucht, dass ich es auf meinen Schenkel spüren kann." Er hob sein Bein an, sodass es gegen ihre nackte Fotze drückte.

Ich ging um das Bett herum und lehnte mich mit meinem Rücken gegen das Fußende und schaute zu. Ich hob eine Hand und strich damit liebevoll über ihr langes Bein.

„Da du noch zu wund bist und wir dich nicht ficken können, werde ich dich probieren. Geh hoch", sagte Ian und hob Emma leicht an. Er drehte sie um, damit sie mich ansehen konnte, aber trotzdem noch auf allen Vieren über Ians Körper lag. Er ergriff ihre Hüften und zog sie nach hinten, damit sie rittlings über seinem Gesicht war.

„Ian, was–"

Ich wusste sofort, wann Ian begann sie zu lecken und an ihrer Fotze zu knabbern, da sich ihre Augen weiteten und sie ein wenig erschrocken wirkte. Ihre Brüste schwangen dabei unter ihr hin und her.

„Sie ist so weich. so verdammt glatt. Sie schmeckt unglaublich", murmelte Ian zwischen ihren Beinen hervor.

„Willst du kommen, Emma?" fragte ich sie. Sie hatte ihre Augen geschlossen und mit jedem Zug von Ians Zunge begann sie ein wenig mehr zu keuchen.

„Ja!" schrie sie.

„Du machst dir keine Gedanken darüber, ob es falsch ist?" fragte ich und stichelte sie absichtlich. Wir hatten sie vorher unerfüllt hinterlassen, weil sie es als falsch empfunden hatte, von uns beiden befriedigt und von uns beiden am Körper berührt zu werden. An ihrem *ganzen* Körper und auf verschiedene, sehr intime, Weise. Ich hatte gehofft, mit der Lektion nicht fortfahren zu müssen, aber würde es, wenn es erforderlich war.

Sie schüttelte ihren Kopf. Ihre dunklen Haare fielen wie ein Vorhang um ihre Schultern und in den Rücken.

„Nein? Vor dem Abendessen wolltest du nicht kommen."

„Ich...Ich brauche es."

Ich lächelte sie an, obwohl sie mich mit ihren zugekniffenen Augen nicht sehen konnte.

„Gutes Mädchen. Schau nach unten, Emma."

Ihre Augen flatterten auf, um einen flüchtigen Blick auf Ians steifen Schwanz zu werfen, der nur einige Zentimeter von ihrem Kinn entfernt war. „Lutsch ihn, Baby." Ich brachte mich in Position, damit mein Schwanz direkt rechts neben ihr war. „Lutsch an uns beiden. Nachdem du unseren Samen schluckst, wird dich Ian zum Orgasmus bringen."

Ich konnte spüren, dass Ian seine Aufmerksamkeiten ein wenig zurücknahm, weil Emma begann, ihre Hüften zu bewegen und dabei quäkte.

„Nimm ihn in deinen Mund, genauso wie du es in der Kutsche gelernt hast."

Das tat sie und bearbeitete Ian mit kleinen leckenden Zügen und nahm ihn dann so weit wie sie konnte in den Mund. Er war groß, noch zu groß für sie.

„Leg deine Hand um den Schaft, und lehn dich auf deinem Unterarm auf das Bett. Ja, genau so. Jetzt nimm deine andere Hand für mich. Gutes Mädchen."

Ian brauchte nicht lange, um zu kommen. Er war zweifellos genauso bereit wie ich. Gesehen zu haben, wie Emma vorher den Stöpsel genommen hatte und dann, wie sie einer anderen Frau dabei zusah, gefickt zu werden, war meine persönliche Folterung gewesen. Ihr Blick, die verlorene Not, hatte mich an den Rand getrieben, dass ich fast wie ein notgeiler Teenager in meiner Hose gekommen wäre. Zuzusehen, wie sie auf Ians Gesicht ritt, half der Sache auch nicht. Jeden lustvollen Tropfen ihres Honigs abzulecken, hatte ihn ganz bestimmt an den Rand getrieben. Ich erinnerte mich noch daran, wie süß sie schmeckte.

Seine Hüften stießen nach oben und ich stöhnte. Emmas Wangen waren hatte ausgehöhlt, da sie an ihm saugte und versuchte, seinen Samen komplett herunterzuschlucken. Sie hob ihren Kopf an und wischte ihren Mund mit der Rückseite ihrer Hand ab. Dabei hinterließ sie nur einen kleinen Tropfen des Samens.

„Gutes Mädchen, Baby. Du hast es alles geschluckt. Schluck jetzt auch meinen Samen und Ian wird dir eine Belohnung geben."

Ihr Gesicht errötete und Ihre Augen waren aus Lust halb verschlossen. Etwas tiefer waren ihre knallpinken und harten Nippel.

„Du willst deine Belohnung?"

Sie nickte. „Oh ja", sagte sie schweren Atems, drehte ihren Kopf und öffnet ihre roten, geschwollenen Lippen, um mich tief zu nehmen.

Ich atmete zischend aus, als ich die Hitze ihres Mundes spürte, wie feucht er war und wie ihre Zunge meine dicke Vene entlang meines Schwanzes strich. Mein Hoden verengte sich und war bereit dazu, sich zu erleichtern.

„Es ist absolut in Ordnung, Baby, sich von seinen Männern befriedigen zu lassen", knirschte ich durch meine Zähne. „Es uns zu geben. Ja, genau so, jetzt leck. Gutes Mädchen." Ich konnte eine Minute lang nichts sagen, sah ihr zu wie ihr Kopf in meinem Schoß auf und ab ging und spürte wie sie mich mit den Wangen einsog. Das Gefühl war so intensiv, dass ich kurz davorstand, in ihrem Mund abzuspritzen.

Ian hatte sich mittlerweile erholt und machte sich eifrig an Emmas Fotze zu schaffen. Er ergriff ihre Hüften fest, um sie am Platz zu halten. Während sie mir einen blies, stöhnte sie und schickte köstliche Schwingungen meinen Schwanz hinauf. Ich hatte sie ausgelöst. Nichts konnte den Orgasmus aufhalten und ich stöhnte. Dabei kam sie auch und schrie um meinen Schwanz herum und schluckte meinen Samen. Sie war unersättlich. Ihre Hände ergriffen die Steppdecke und ballten sich zu Fäusten. Sobald ich aufgehört hatte, in ihrem Mund zu pulsieren, hob sie ihren Kopf an und schrie auf: „Ian, ja!"

Ian änderte ihre Positionen, damit sich Emma auf den

Rücken legen konnte und wir uns beide, um sie kümmern konnten. Sie kam einmal, aber wir waren noch nicht fertig. Meine Hand ging zwischen ihre Schenkel, wo ich sie glatt und feucht vorfand. Leicht und sachte, steckte ich zwei Finger in ihren engen Kanal. Ich hatte soeben ihren geheimen Lustpunkt entdeckt: Diese kleine Erhebung des Fleisches im Inneren, die sie aufschreien ließ. Währenddessen sog Ian an ihrem Nippel und zog und zerrte mit seinen Zähnen daran. Seine Finger kümmerten sich zeitgleich um den anderen.

Emma kam noch einmal schnell. Dabei wand sich ihr Körper wie ein Bogen und ein grober Schrei entkam ihren Lippen. Ian ergriff das Gefäß mit dem Gleitgel und tauchte seine Finger hinein, während ich Emma noch einmal umdrehte. Dieses Mal schob Ian einen Finger in ihren engen Arsch, während ich damit fortfuhr, ihre Fotze mit meinen Fingern zu ficken. Als wir das taten, sprachen wir mit ihr. *Du bist so verdammt schön, Emma. Du bist so empfindlich, schau wie du nochmal kommst. Siehst du, du kannst kommen, wenn du etwas im Arsch hast. Oh, es ist so viel besser, nicht wahr? Bald werden es unsere Schwänze sein, die dich füllen. Gemeinsam.*

Wir bearbeiteten sie, bis ihre Stimme heiser und ihre Haut schweißgebadet war. Ihr Körper ritt gedankenlos unsere Finger, bis sie der totalen Erschöpfung erlag.

Sie blieb so wie sie war auf ihrem Bauch liegen, während Ian den kleinen Stöpsel, den wir zuvor benutzt hatten, wieder hervorholte. Glatt von seinen Fingern, konnte er ihn leicht hineingleiten lassen. Sie rührte sich nicht einmal. Wir bewunderten wie schön ihre Fotze war und wir wussten, wie ihr Arsch in Vorbereitung dafür ausgedehnt wurde, dass wir sie gemeinsam nehmen konnten. Wir zogen die Bettdecke über sie und ließen sie schlafen. Ich war mit dem Fortschritt, den wir mit ihr machten, mehr als zufrieden. Froh, dass wir sie von einem ungewissen Schicksal bewahrt hatten. Berührt, dass sie uns gehörte.

14

ANE

„Wer geht mit dir mit?" fragte ich Ian am Kücheneingang. Er kochte eine Kanne Kaffee. Emma schlief in meinem Bett und bewegte sich nicht, als wir das Zimmer verließen. Ich zog mir meine Hose über, aber das war alles. Ian war angezogen und hatte sogar seinen Revolvergürtel tief um seine Hüften angelegt. Es war spät, schon fast Mitternacht, und wir hatten das Haus für uns alleine. Das einzige Geräusch kam vom Ticken der Uhr unseres Großvaters im anderen Zimmer.

„Mason." Ians Haare waren durcheinander und anstatt neben Emma zu schlafen, macht er sich auf, um nach Bozeman zu gehen und herauszufinden, wer hinter ihm her war.

„Evers wird nicht selbst kommen."

„Nein. Eine Suchtruppe." Er griff zu einer Tasse. „Er wird seine Hände nicht mit schmutziger Arbeit dreckig machen."

Ich stimmte zu. „Die Distanz ist zu groß und es wäre zu lange, um wegzubleiben. Wie kann er einen Trip nach Amerika rechtfertigen? Der Graf von Everleigh ging nach Amerika." Ich schüttelte meinen Kopf. „Würde nicht geschehen."

"Wir sollten etwa eine Woche weg sein." Er zuckte mit den Schulten, nahm noch einen Schluck von dem heißen Gebräu und verzog das Gesicht. Der hausgemachte Kaffee war so dick wie Schlamm im Frühling. "Evers' Männer können einen Tag warten. Sie haben schon fünf Tage gewartet. Ein Tag mehr wird keinen Unterschied machen, weißt du. Ich will – zur Hölle, muss – mich zuerst um Emmas Stiefbruder kümmern."

Mein Zorn für diesen Mann loderte wie Glut im Feuer auf. "Thomas James."

Ian nickte. "Jawohl. Ich kümmere mich um den Bastard."

Er biss die Zähne zusammen und antwortete: "Gut."

"Du wirst sie beschützen?" So wie er das Thema wechselte, drehte er seinen Kopf zu mir und sah mich an. Seine Augen waren...düster.

"Natürlich. Du kümmerst dich um ihren Stiefbruder und ich passe auf sie auf."

"Ich hätte nicht gedacht, dass es so schnell gehen würde. Ich wusste, dass Evers irgendwann hinter mir herkommen würde, aber direkt nachdem wir Emma gefunden hatten? Eine grausige Schicksalswende. Wir haben sie gerade erst zu unserer gemacht. Ich sollte mit euch beiden hierbleiben, da sie von ihren beiden Männern trainiert werden sollte. Diese beschissene Situation macht das alles zunichte."

Wir hatten in Mohamir viel mehr gelernt, als bloß zu kämpfen. Zum Beispiel waren wir dafür verantwortlich, einen weltlichen Anführer zu beschützen – ein Mann mit drei Brüdern, die alle eine Frau teilten. Wir hatten herausgefunden, dass die biederen viktorianischen Weisen, nach denen wir erzogen worden waren, nur dem Mann zu Gute kamen. In England galt eine Frau als das Eigentum ihres Ehemannes, um sie zu benutzen und auszunutzen, wie sie es für richtig hielten, und all das während sie eine Reihe Liebhaberinnen fickten und ihre Frau so kalt und unerfüllt hinterließen. Die Frau des Anführers in Mohamir, als wir sie trafen, war in der Fünf-Personen-Ehe zwar unterwürfig gewesen, aber ziemlich glücklich damit. Sie wurde geschätzt – ein Wort, das der Anführer häufig verwendete – und wurde nicht nur von einem Mann, sondern von mehreren beschützt. Sie wendeten sich ihren Bedürfnissen zu und erfüllten ihr jeden sexuellen Wunsch. Als einer der Brüder durch einen Sturz vom Pferd gestorben war, wurde sie nicht alleine, mittellos und ohne Hilfe gelassen, um sich oder ihre Kinder zu unterstützen. Wir haben viel von dem Anführer und von seinen Brüdern gelernt und so entschieden wir uns, der mohamiranischen Kultur, eine Braut für uns zu behaupten, zu folgen.

England war nicht der Ort, an dem man diesen alternativen Lebensstil hätte erfüllen können. Es wäre zu schwierig gewesen, es zu verstecken. Amerika, besonders der Westen, galt als neue Grenze, mit viel Land und freien Männern.

Ian und ich standen uns schon seit Jahren so nahe wie Brüder. Es stand nie zur Debatte, ob wir eine Ehefrau teilen würden. Bis Emma kam, die Frau war einfach nur ein Traum. Und jetzt war sie oben und ruhte sich von unseren Aufmerksamkeiten aus. Auf keinen Fall würde Ian auf sie verzichten. Evers würde ihm das nicht nehmen, so wie er es mit seinem Rang, seiner Karriere im Militär und seinem Land getan hatte.

„Geh. Kümmre dich um das Problem und komm dann zurück."

„Ihr Arsch gehört mir, Kane." Er sah mich direkt und klar an.

Ich nickte. „Ich bereite sie für dich vor."

Ich hatte ihre Jungfräulichkeit, ihr Jungfernhäutchen, genommen. Er würde ihren Arsch bekommen.

„Ich werde zurückkommen."

EMMA

. . .

Es war der zweite Morgen, an dem ich in den Armen eines Mannes aufwachte. Dieser war allerdings nicht Ian. Ich hatte meine Männer schnell kennengelernt – waren es wirklich nur zwei Tage gewesen? – und sie fühlten sich unterschiedlich an, rochen verschieden und halfen mir auf andere Art und Weise.

Dieser war Kane. Seine Hände waren gröber. Dieser Geruch war...seiner. Wie Holz, frische Luft. Zimt. Ian hielt mich wie zwei Löffel in einer Schublade. Bei Kane lag ich auf ihm und eines meiner Beine war über seinem, meine Brüste an ihn gedrückt und die Stoppeln seiner dunklen Brustbehaarung kitzelten mich. Ich hatte es mir an seiner Schulter bequem gemacht und meine Nase stupste gegen seinen Nacken. Ich atmete seinen Duft ein und genoss seine Stille. Ich hatte Zeit, ihn zu betrachten, über ihn nachzudenken, darüber, was er und Ian mit mir in der Nacht zuvor angestellt hatten. Das Letzte, an das ich mich erinnerte, war, wie ich auf meinem Bauch lag mit den Knien angewinkelt und die Hände beider Männer zwischen meinen gespreizten Beinen waren. Sie hatten mit beiden Löchern gespielt und ich kam, wieder und wieder. Ich war gedankenlos gewesen, der Lust ergeben, die sie aus meinem Körper zogen. Es hatte mich nicht gestört, dass mich zwei Männer berührten. Es hatte mich nicht gestört, dass Ian mit seinen Fingern an meinem Hintern zu Gange war. Es hatte mich nicht gestört, dass ich die Schwänze beider Männer geleckt und all ihre Samen geschluckt hatte. Sie hatten es intim und besonders erscheinen lassen. Es war, als ob mein Körper nur für sie geschaffen worden war.

So erschien es mir. All meine Sinne wurden erweckt, wenn ich bei ihnen war. Die starken Gefühle waren unvergleichlich. Meine Haut war sensibler und mein Körper reagierte auch auf alles viel intensiver. Ich fühlte mich köstlich und schamlos und delikat und mutig. Das Letzte war allerdings erzwungener als die anderen, aber nichtsdestotrotz, Ian und Kane ließen mich fühlen. Ich hatte keine Ahnung, was mir bisher im Leben gefehlt hatte. Bis jetzt. Es war noch früh, aber ich war umso dankbarer, dass Thomas ein so schrecklicher Mann gewesen war und sich dazu entschieden hatte, mich im Bordell zu lassen. Wenn er das nicht getan hätte, wäre ich immer noch alleine und gelangweilt. Würde mich um seine Kinder kümmern und dabei helfen, Steppdecken zu machen und den Mittagstisch für die Kirche vorzubereiten. Mir wäre es nicht bewusst, welche Verbindung zwischen einer Frau und ihren Ehemännern bestehen könnte.

In Kanes Armen fühlte ich mich sicher und ich begutachtete meinen Körper. Ich war satt und entspannt, aber da war etwas in meinem Hintern, etwas Hartes und es füllte mich aus. Ich beugte mich vor und versuchte es, herauszudrücken, aber es bewegte sich nicht. Es musste der Stöpsel sein, den sie gestern vor dem Abendessen benutzt hatten, aber sie mussten ihn wieder in mich gesteckt haben, nachdem ich schon eingeschlafen war. Es war nicht wirklich unbequem, aber es war...da.

Seine dunkle Brustbehaarung berührte mich. Ich hatte keine Chance gehabt, neben ihm zu liegen, als wir wach waren. Der Mann war immer aktiv und autoritär. Jetzt im Schlaf konnte ich sein Herz an meiner Wange schlagen spüren und sehen, wie er seinen Brustkorb hob und senkte. Die weichen, federnden Haare auf seiner Brust kitzelten und ich strich vorsichtig mit meinen Fingern darüber. Seine Haut war bemerkenswert weich für jemanden, der so stark war.

„Ich kann hören, wie du denkst", murmelte Kane mit einer rauen, schlaftrunkenen Stimme.

Ich versteifte in seinen Armen, aber als er mich rückversichernd drückte, entspannte ich mich. „Ich erinnere mich nicht daran, was letzte Nacht passiert ist."

„Wir haben dich zum Höhepunkt gebracht. Immer und immer wieder."

Ich drehte meine Finger ruhig durch seine dunklen Haare. „Ich erinnere mich."

„Dein Körper war wegen all des Vergnügens zu erschöpft, um wach zu bleiben."

„Warum?"

„Warum bist du mehrfach gekommen? Weil du deine Hemmungen abgelegt hast, wenigstens für einen kurzen Moment. Ich nehme an, dass sie wieder voll da sind."

„Warum glaubst du das?" fragte ich, obwohl ich wusste, dass er Recht hatte, aber ich wollte es nicht zugeben.

„Weil du weißt, dass da ein Stöpsel in deinem Arsch ist."

„Ja, das", grummelte ich.

Er drehte sich und zog sich unter mir weg, so dass ich auf meinem Bauch lag.

„Nein, beweg dich nicht", sagte er und richtete sich auf, um sich neben mich zu knien. Ich schaute über meine Schulter und konnte seinen Schwanz sehen. Er ragte voll erregt aus dem Bündel dunkler Haare hinaus. Ich hatte ihn in meinen Mund genommen! Ich hatte ihn in mir...und es gefiel mir.

„Winkel die Knie unter dir an."

Ich sah ihn stirnrunzelnd an. Er erwiderte meinen skeptischen Blick und so fügte ich mich. Es bestand keine Frage, was er so von mir sehen konnte.

„Gutes Mädchen. Anders als Ann, denke ich, dass es das Beste für dich ist, wenn wir dein Stöpsel-Training nur machen, wenn du schläfst. Entspann dich, ich werde ihn rausnehmen."

Ich entspannte mich, vielleicht weil seine Hand auf meinem Rücken war, als er den Stöpsel aus meinem Arsch zog, oder weil ich keinen während des Tages haben würde. Zischend atmete ich durch meinen Mund aus, und er zog ihn sanft aus mir heraus.

Als er raus war, fühlte ich mich...leer.

„So hübsch, Baby." Ein Finger strich über meine Öffnung und ich erschrak. „Schhh, ruhig. Das hat so gut funktioniert. Heute Abend probieren wir den Größeren."

Er beugte sich über mich, so dass ich die Haare seiner Brust auf meinem Rücken spürte. Er flüsterte in mein Ohr: „Hat dir Ian gesagt, dass wir dich jeden Morgen ficken?"

Ich nickte und meine Pussi zog sich in Erwartung auf seinen Schwanz zusammen. Wenn er mir das Gefühl von letzter Nacht geben würde, würde ich mich nicht beschweren.

„Gut. Schauen wir mal, ob du bereit bist." In dem Moment spürte ich, wie seine Finger in mich eindrangen und es bestand keine Frage, dass ich Lust auf ihn hatte. Ich seufzte vor lauter Erregung und spürte wie leicht, er in mich eindringen konnte.

„Oh Baby, du bist so feucht. Bist du noch wund?"

Ich schüttelte meinen Kopf. Alles, was ich fühlen konnte, war leckere Hitze.

Er machte eine Bewegung auf seinen Knien und ich konnte die dicke Spitze seines Schwanzes gegen meine Öffnung spüren, als er seine Finger wieder aus mir herauszog.

„Du nimmst mich so – von hinten?" fragte ich überrascht, während er mich komplett füllte. Ich stöhnte.

„Oh, Baby. Genauso."

15

MMA

DAS FRÜHSTÜCK WAR FAST GENAUSO wie das Abendessen. Alle saßen um den großen Esstisch herum und aßen. Ann lächelte ihren Ehemännern zu und schien nicht aus der Ruhe gebracht oder beschämt darüber, was in der Nacht zuvor geschehen war. Sie bewegte sich auch nicht auf ihrem Stuhl hin und her.

„Danke, dass ich mir einige deiner Kleider ausleihen durfte", sagte ich zu ihr, als ich mich auf den Stuhl setzte, den Kane für mich festhielt.

Ann lächelte. „Das Kleid sieht bezaubernd an dir aus, obwohl du es ein wenig besser ausfüllst als ich." Der Mieder *war* ziemlich eng, aber Kane schien das nicht zu stören, da sein Blick immer wieder nach unten auf die angespannten Knöpfe wanderte.

Kane lehnte sich vor und flüsterte. „Mir gefällt das Kleid besser so wie es ist. Vielleicht gehen einige von denen ab? Sein Finger strich über den obersten Knopf.

Ich verdrehte die Augen und grinste ihn an, da ich wusste, wie sehr er meine Brüste mochte.

Als ich saß, wurden mir die Teller mit den Eiern und dem Schinken gereicht und ich bemerkte, dass einige Plätze unbesetzt waren. „Wo ist Ian? Und, ähm...Mason?"

Kane, der neben mir saß, nahm den Teller mit dem Schinken und legte eine Scheibe auf seinen Teller, dann noch eine. „Er ist nach Bozeman unterwegs."

Weg? Ich machte eine Pause. „Ich dachte, dass er Arbeit oder Pflichten zu erledigen hatte. Er war gegangen, wegen dem, was du letzte Nacht gesagt hast?" Sie sah zu Simon.

Der Mann nickte.

„Warum?" fragte ich.

Alle blickten zu Kane. Vielleicht sollte er als mein Ehemann antworten. „Ich hatte dir erzählt, dass einige von uns zusammen in Mohamir unter dem Kommando eines Mannes namens Evers reglementiert waren. Es war etwas vorgefallen und der Verdacht wurde auf Ian gelenkt. Er war unschuldig, aber er wurde reingelegt."

„Reingelegt?" fragte ich und machte mir Sorgen um Ian. „Womit?"

„Das Töten einiger Frauen und Kinder."

Kanes Worte ließen mich mit großen Augen dasitzen. Ian würde keine Frauen und Kinder umbringen. Ich kannte ihn noch nicht lange, aber konnte trotzdem für seinen Charakter sprechen.

„Ja, was Brody sagt ist wahr. Evers hat eine Familie umgebracht. Ich gehe nicht ins Detail warum und wie, da es zu grausam ist, um es zu teilen."

Ich legte meine Gabel hin, da ich jeglichen Appetit verloren hatte.

„Als der Horror seine Runden machte, hatte Evers die Tat Ian angehangen."

Ich runzelte die Stirn. „Warum würde er das tun?"

„Er ist Schotte. Nicht Engländer."

„Und?"

„Du kennst dich wohl nicht mit englischer Geschichte aus", sagte Andrew in seinem amerikanischen Akzent. „Ich auch nicht, bis ich mich dieser Gruppe angeschlossen hatte." Er neigte seinen Kopf, um auf die Engländer am Tisch hinzuweisen.

„Die Schotten wollten schon seit hunderten Jahren ihre Unabhängig und Freiheit von England. Die Schlacht von Culloden im letzten Jahrhundert hatte die Clans erledigt, aber der Hass strömt noch immer durch die Venen der Männer auf beiden Seiten. Wenn Ian nach England zurückkehren würde, würde man ihn vor Gericht ziehen und für die Tat Evers' verantwortlich machen, allein aus dem Grund, weil er Schotte ist. Der Hass ist so stark."

Panik blitzte auf. „Wir müssen zu ihm. Halte diesen Mann davon ab, Ian mitzunehmen!" Ich schob meinen Stuhl zurück, aber Kanes Hand auf meinem Rücken hielt mich zurück.

„Emma, hör auf." Kanes Stimme war tief und klar.

Ich schüttelte vehement meinen Kopf. „Nein, wir müssen ihm helfen."

Er senkte seinen Kopf, also trafen mich seine dunklen Augen und hielten meinem Blick stand. „Ich möchte dich wegen Missachtung nicht verprügeln, wenn du tatsächlich das Beste für ihn willst."

„Aber-" er legte einen Finger über meinen Lippen und hob seine Augenbrauen an.

„Glaubst du, dass ich oder irgendeiner dieser Männer hier sitzen und Frühstück essen würde, wenn wir wirklich glaubten, dass Ian in Gefahr war?"

So wie er es darstellte, sah ich ein, dass ich etwas überreagierte.

Ich ließ meine Schultern auf weniger damenhafte Weise fallen. „Es ist bloß..."

Kane küsste meine Augenbraue mit seinen warmen Lippen. „Ich weiß."

Wusste er wirklich, wieviel mir Ian bereits bedeutete? Nach solch einer kurzen Zeit, machte ich mir um den Mann schon Sorgen. Liebe? Vielleicht nicht, aber ich wollte ihn nicht zu Schaden kommen sehen. Er hatte mich stets mit der äußersten Fürsorge behandelt. Sogar liebevoll. Die Vorstellung, dass ihn jemand ausnutzte, und auf solch grausame, unbarmherzige Weise hinterließ einen bitteren Geschmack auf meiner Zunge.

„Hat Evers so viel Macht?" fragte ich, um mehr zu erfahren. „Er war in Mohamir, einem kleinen Land weit weg von zu Hause, stationiert. Ich bitte um Entschuldigung, aber das konnte nicht das Gelbe vom Ei gewesen sein."

Ich blickte zwischen den Männern flüchtig hin und her und war etwas verängstigt, dass ich etwas Falsche gesagt hatte.

„Wir hatten es bis zu diesem Vorfall eher erleuchtend gefunden", Kane nahm meine Hand und versicherte mir, dass meine Worte nicht ernster genommen wurden, als es verdient war. „Wie du dir vielleicht bewusst bist, ist es kein westlicher Brauch, mit mehreren Männern verheiratet zu sein."

„Dieser Mann Evers ist den ganzen Weg hierhergekommen, um Ian mit zurück nach England zu nehmen?" Die Vorstellung ließ das Frühstück unappetitlich wirken.

Er drückte meine Hand. „Evers würde hier nicht herkommen. Er ist in England zu wichtig, oder mindestens denkt er das von sich. Außerdem ist es eine halbe Welt entfernt. Wir haben uns diesen Ort gut ausgewählt. Sobald wir Evers Absichten kannten, Ian seine Verbrechen anzuhängen, verbündeten wir uns und sind aus Mohamir abgereist und haben uns auf den Weg hierher gemacht. Um sicher zu sein und Evers' Geheimnis zu wahren."

„Hier haben wir einen Platz gefunden, um so zu leben, wie die Familien in Mohamir", fügte Simon hinzu.

„Eine Frau mit mehreren Ehemännern", beendete ich.

„Es ist nicht etwas, wofür ich großgezogen wurde", erklärte mir Ann und sah zu Robert und dann zu Andrew. „Aber ich war in Schwierigkeiten und musste heiraten. Robert versprach, dass er sich um mich kümmern würde, um mich zu schützen und sicherzustellen, dass ich meinen Vater nie wiedersehen würde. Er war ein...grausamer Mann."

Ein Blick des alten Schmerzes durchkreuzte ihr Gesicht.

„Ich wollte sie von dem Moment an, in dem ich sie sah", sagte Robert und hob Anns Hand an und küsste ihre Knöchel, was sie bemerkenswert aufhellen ließ.

„Es war schon überraschend, als ich erfuhr, dass mich auch Andrew als seine Ehefrau beanspruchte. Es war...kompliziert." Sie kicherte und der andere Mann lächelte. Sie waren jetzt offenbar glücklich, sogar voneinander fasziniert und ich erinnerte mich daran, wie sie von beiden gleichzeitig genommen wurde: Sie alle waren ihrem Vergnügen ergeben.

„Was wollen wir tun? Einfach nur untätig sitzen bleiben, während wir auf ihre Rückkehr warten?" fragte ich hilflos.

„Es gibt keine untätigen Hände hier auf der Ranch", sagte Simon, der mit einem Teller voll Schinken aus der Küche zurückkam. „Wir arbeiten für das Allgemeinwohl. Wir gehen reihum mit dem Kochen und Geschirrspülen, so wie du es letzte Nacht gesehen hast. Es ist meine Aufgabe heute Morgen. Es gibt reichlich zu tun. Pferde, Vieh, Zäune, das Haus instand halten, die Liste hört niemals auf."

„Was glaubst du, würde dich interessieren, Baby?" fragte Kane.

Ich dachte einen Moment lang nach. Ich war mit einem Koch, einer Haushälterin und anderen Leuten, die sich um weltlichere Aufgaben kümmerten, aufgewachsen. Ich war...bin eine Frau der Gesellschaft gewesen und kannte mich nicht gut mit dem Leben auf einer Ranch aus.

„Ich kann reiten. Vielleicht kann ich im Stall aushelfen?" Ich sah zu Kane und dann zu den anderen Männern, die um den Tisch herumsaßen.

„Dann fangen wir den Tag dort an."

„Entspann dich, Emma", sagte Kane in beruhigenden Tönen. Ich lag auf meinem Bauch, die Knie gebeugt, wie es üblich war, um den Stöpsel eingesetzt oder herausgenommen zu bekommen. Es war Morgen, also war der letzte Stöpsel die ganze Nacht drin gewesen.

„Ich...Es tut mir leid", antwortete ich und atmete tief ein, obwohl es mir nicht half, um mich zu beruhigen.

„Du bist gerade mal eine Minute wach. Weshalb bist du so angespannt?" Er zog seine Hände zwischen meinen Schenkeln hervor und strich mit einer über meinen Rücken.

Ich seufzte in mein Kissen. „Ian. Ich mache mir Sorgen um Ian."

Seine Hand fuhr mit einer langsamen, beruhigenden Bewegung fort. „Baby, es gibt keinen Grund, sich Sorgen zu machen. Es geht ihm gut."

Ich schaute über meiner Schulter zu ihm und staunte wieder einmal. Seine Schultern waren breit, seine Brust stählern und er hatte dunkle Haare, die in einer Linie unter seinem Bauchnabel bis zum Schaft seines Schwanzes zusammenliefen. Sein Schwanz war immer steif. Ich hatte ihn noch nie schlaff gesehen, selbst nach einem guten Fick. Wilde Locken fielen ihr über die Stirn. Der Schlaf hatte seine Züge erweichen lassen, wenn das tatsächlich möglich war. Ich war...gebannt.

„Es ist fünf Tage her", schmollte ich. Ich vermisste Ian. Ich musste schon zugeben. dass ich beide Männer wollte. Ich wollte Kane...und Ian. Es schien als würde etwas – jemand – fehlen, da Ian weg war.

„Ich hatte gedacht, dass dich die ganze Zeit bei den Pferden etwas abgelenkt hätte."

Deprimiert schüttelte ich meinen Kopf. „Ich habe es genossen, besonders mit gespreizten Beinen zu reiten anstatt im Damensattel. Das scheint so armselig im Vergleich dazu, was Ian gerade erlebt."

Seine Hand wanderte meinen Rücken hinunter, um

meinen Hintern zu umfassen. „Tief ein- und ausatmen. Das ist es. Gutes Mädchen." Er nahm den Stöpsel raus und zögerte nicht lange, um mich mit seinen Fingern zu bearbeiten. Es war das Routineprogramm gewesen, seit Ian weg war. „Du hast dich so gut gemacht. Ich kann jetzt zwei Finger in dich stecken."

Ich atmete schwer. Seine beiden Finger – sehr große Finger – schnitten und dehnten meinen Arsch noch mehr aus als der Stöpsel. Das Gefühl war nichts, an das ich mich jemals gewöhnen konnte. Es war fremd und unbequem, aber trotzdem lösten die Sensationen etwas in mir aus, wenn seine Finger gegen den Ring aus Muskeln drückten und mich stöhnen und sogar kommen ließen. Es gefiel mir nicht, aber gleichzeitig liebte ich es.

„Ian wird sehr erfreut sein, wenn er zurückkommt. Er wird deinen Fortschritt sehen wollen, also dass du immer größere Stöpsel ertragen kannst. Du wirst für seinen Schwanz bereit sein. Warum wird er sich freuen, Baby?"

Ich stöhnte, als er die Finger tief in mich drückte. Das schmierige Gleitgel vom Stöpsel hatte mich noch glatt hinterlassen. „Weil...weil er mich da ficken will."

„Das ist richtig. Er wird deinen jungfräulichen Arsch behaupten. Danach werden wir dich beide ficken. Gemeinsam. Ian wird deinen Arsch ficken, während ich deine enge Fotze ficke. Was wird das bedeuten?"

Er hatte diese Worte jeden Morgen zu mir gesagt, während er sich meinem Körper zuwandte. Es war eine tägliche Erinnerung daran, dass Ian Teil unserer Ehe war, und dass wir nicht komplett sein würden, bis er zurückkam. Dass er meinen Arsch für Ian trainierte.

„Damit wir eins sind."

Kane ging hinter mich und drückte mit der Spitze seines Schwanzes gegen den Eingang meiner Pussi. Sie war so breit und so erweitert, dass er mich jedes Mal ausdehnte, wenn er mich füllte. „Es wird so sein, nur besser. Meine Finger sind zweifellos ein schlechter Ersatz für Ians großen Schwanz."

Mit diesen Worten stieß er tief in mich ein, füllte meine Pussi, steckte seine Finger in meinen Arsch und überredete mich zur kompletten Unterordnung. Kane hatte Recht. Ich würde ohne Ian kommen, aber das Vergnügen, das ich kannte, würde nicht dasselbe sein bis er zurückkam und sein Schwanz ebenfalls tief in mir sein würde.

16

MMA

EINE HERAUSFORDERUNG des Lebens auf der Ranch, die ich entdeckt hatte, war der Mangel an Einsamkeit. Kane blieb nachts vom Abendessen bis zum Frühstück in meiner Nähe. Nachdem er etwas am Morgen gegessen hatte, ging er los, um das zu tun, was er für den Tag erledigen musste. Einen Brunnen reparieren, die Zucht einer Stute und einem sehr eifrigen Hengst, Stacheldraht anbringen und in die Stadt fahren, um Dinge zu holen. Die Liste hörte niemals auf. Wenn Kane nicht da war, arbeitete ich normalerweise mit mindestens einem anderen oder mehreren Männern im Stall. Ann genoss es, im Garten zu arbeiten. Ein riesiges Stück Land mit allerlei Gemüse und Früchten, das unsere Speisekammer für den Winter ausstattete.

Heute jedoch arbeiteten die Männer weit weg auf dem Feld und ich war allein im Stall. Ich war jeden Tag geritten und hatte versprochen, aus Sicherheitsgründen die Gebäude im Blick zu halten, wenn ich allein war. Glücklicherweise hatte ich nichts getan, was eine Bestrafung durch Kane gefordert hätte, während Ian weg gewesen war. Und das half mir nur dabei, mich an meine täglichen Aufgaben zu gewöhnen.

Nachdem er das Pferd gesattelt hatte, das Kane für mich gewählt hatte, führte ich das Tier aus dem Stall in den hellen Sonnenschein. Die Luft war warm und frisch; ein Regenschauer in der Nacht hatte alles grün und saftig werden lassen.

Ich zog gerade eine Karotte, die ich aus der Küche geklaut hatte, aus meiner Tasche hervor, um sie dem Tier zu geben, als mir etwas in der Ferne ins Auge fiel. Es war eine Gruppe von Männern, vier und zu Pferd, aber es war nicht klar, wer sie waren. Sie ritten in Richtung Süden also in die entgegengesetzte Richtung der Stadt.

Ein schlechtes Gefühl machte sich in meinem Magen breit, da ich wusste, dass niemand von der Ranch in diese Richtung gegangen war. Kane war bei Brody, und Simon kümmerte sich um ein krankes Kalb in der Nordhälfte. Rhys und Cross zogen den Stacheldraht auf, um einen Zaun im Westen zu reparieren. Ann war jetzt gerade wahrscheinlich im Garten.

Langsam kamen sie näher. Ihre Pferde trotteten über das Gelände, als ob sie alle Zeit der Welt hatten. Ich erkannte selbst aus dieser Entfernung all das schnell, da ich Ian und die Breite seiner Schultern kannte. Er war bei diesen drei anderen Männern. Fremden. Oh, mein lieber Gott.

Ich ließ die Zügel des Pferdes fallen und rannte in den Stall, um das Gewehr zu nehmen, das gesichert und geladen auf einem Pflock an der Wand saß, um es bei einem Anzeichen der Gefahr direkt benutzen zu können. Kane hatte mich darauf am ersten Tag hingewiesen, um sicherzustellen, dass ich mir nicht nur der Gefahren, die lauerten, bewusst war, sondern auch darüber, wie ich mich davor beschützen konnte.

Ich kannte mich gut mit einem Gewehr aus. Bevor meine Eltern gestorben waren, hatte mir mein Vater beigebracht, wie man schießt. Und ich wusste wie man eine Waffe benutzt. Er hatte mir allerdings einen Lebensstil geboten, der das nicht erforderte. Bis jetzt.

Ich ging zum Pferd zurück und stieg vorsichtig mit dem geladenen Gewehr und langen Rock auf und stieß meine Hacken in die Seiten des Pferdes.

„Ann!" Ich schrie, als ich auf den Garten zukam und Schmutz in einem sanften Strudel um mich her flog.

Sie tauchte aus der Hocke neben den Sommerhimbeeren auf.

„Ian kommt mit einigen Männern in unsere Richtung."

Ihre Augen weiteten sich unter dem Rand ihres Sonnenhutes, als sie hörte, was ich sagte und höchstwahrscheinlich auch, als sie das Gewehr sah, das ich um meinen Körper geworfen hatte. „Du wirst doch sicherlich nicht auf sie zu reiten?"

„Er ist mit den Männern zusammen, die ihn suchten. Ich weiß es."

„Woher weißt du das?" fragte sie. Sie drehte ihren Kopf in Richtung des Sonnenaufgangs und hielt eine Hand an die Stirn um die Augen vor der Sonne zu schützen.

Ich schüttelte meinen Kopf. „Ich weiß es einfach." Mein Herz raste und ich atmete, als ob ich bis zum Garten gelaufen wäre, anstatt zu reiten.

„Du kannst nicht allein auf sie zu reiten!" Ein Blick, der dem Horror ähnelte, durchkreuzte ihr Gesicht.

„Was ist, wenn sie wegen der Anderen hier sind?" Ich schaute in die entgegengesetzte Richtung, um zu sehen, ob die Männer gesehen werden konnten. „Möchtest du, dass sie alle genommen werden? Getötet?"

„*Du* könntest getötet werden", entgegnete sie mir und zeigte mit dem Finger auf mich.

„Ich habe das Gewehr."

„Emma!" schrie sie, aber ich galoppierte bereits mit meinem Pferd weg.

Meine Mütze rutschte bei dem schnellen Tempo von

meinem Kopf und klopfte gegen meinen Rücken, da sie nur an der Kordel um meinen Hals hing. Ian war zurück und er war in Gefahr.

Als die Männer sahen, dass ich auf sie zukam, hielten sie an. Ich verlangsamte zu einem Trab, und nahm das Gewehr, so dass ich zielen und schießen konnte.

Ian war tatsächlich einer der Männer und jetzt erkannte ich auch Mason zu seiner Linken und zwei Fremde rechts von ihm. Sie alle sahen müde aus, braun gebrannt von der Sonne und mit staubiger Kleidung. Die Länge der Bartstoppeln ließ darauf schließen, dass sie einige Tage im Sattel verbracht hatten. In meinen Augen sah Ian himmlisch aus. Er war ganz und sah auch unverletzt aus. Der Blick in seinem Gesicht deutet allerdings auf eine entsetzliche Situation hin.

„Ihr seid hier nicht willkommen. Lasst Ian gehen und ich werde euch nicht erschießen", warnte ich.

Die anderen Männer starrten mich mit einer Mischung aus Vergnügen, Zorn und Überraschung an. Keiner trug eine Waffe wie ich, aber die Enden der Gewehre stachen aus den Satteltaschen hervor. Sie saßen entspannt in ihren Satteln und hatten ihre Hände ruhig an den Knäufen.

„Würde uns das Mädel erschießen?" wurde Ian von einem der Männer gefragt. Sein Akzent passte zu Ians irischem Akzent.

Mein Mann sah mich ununterbrochen an, aber bei der Frage wurden seine Augen kleiner.

„Ich weiß es nicht", antwortete er. „Emma, nimm das Gewehr runter."

„Nein", antwortete ich kopfschüttelnd. „Ich lasse es nicht zu, dass dich diese Männer wieder nach England mitnehmen." Ich hob das Gewehr an, so dass es auf den Mann ganz rechts zeigte. Er hob langsam seine Hände und seine Augenbrauen.

„Ich nehme an, dass dies deine Frau ist", kommentierte der Mann.

„Jawohl", antwortete Ian. Seine Stimme war in dieser

strengen, tiefen Oktave. „Emma, nimm das Gewehr runter." Die Wiederholung seiner Worte war hartnäckiger.

„Wir nehmen deinen Mann nicht mit nach England", sagte der andere Fremde. Ich schwenkte das Gewehr in seine Richtung.

„Werden sie nicht, Emma", fügte Mason hinzu.

„Woher weiß ich, dass du nicht lügst?" Meine Handflächen waren feucht und meine Schultern begannen von dem Halten des Gewehrs zu schmerzen, aber ich hielt stand.

„Weil ich es sage", sagte Ian. Er stupste sein Pferd nach vorne bis er neben mich kam und mir die Waffe aus den Händen riss. Ich atmete erleichtert aus, als Ian die Führung übernahm. Die anderen drei Männer waren ebenfalls erleichtert. „Und Mason ebenfalls."

Ich konnte sehen, wie sein Kiefer zuckte und seine Augen noch enger wurden, aber nicht aus Lust, die ich so sehr von ihm sehen wollten, sondern aus Wut „Bist du bescheuert?" fragte er laut. „Ein Gewehr herum schleudern und dich Männern nähern, die du nicht kennst?"

Sein Schottisch, irischer Akzent war stärker als sonst.

„Du bist unschuldig", bestätigte ich.

„Ist er", sagte ein Mann hinter ihm.

Ich machte bei den Worten eine Pause und schaute Ian an, um Bestätigung zu bekommen.

„Diese Männer sind MacDonald und McPherson. Schotten wie ich. Sie waren ein Teil unseres Regiments in Mohamir und sind gekommen, um uns beizutreten. Sie haben Nachnamen, aber sie haben sie nie geteilt."

Ich sah zu Ian und zu den Männern. Sie klopften auf Ihre Hutspitzen und ich errötete. Mason schüttelte nur subtil und fassungslos mit seinem Kopf.

„Oh Liebes", flüsterte ich und ließ meine Schultern fallen.

Ian drehte sich um und warf das Gewehr zu einem der anderen Männer, der es problemlos auffing und zwar auf die Art und Weise, wie es nur diejenigen taten, die sich mit Waffen auskannten. Mein Ehemann stieg vom Pferd und kam herum, um sich mit ausgestreckten Armen neben mich zu stellen. „Runter, Emma."

„Warum sind sie dann hier?" fragte ich und ignorierte seinen Befehl.

Er seufzte, aber sein Zorn verflog nicht. „Wie gesagt, sie sind hergekommen, um hier zu leben. Sie sind nach Amerika eingewandert"

„Was?" Das war das letztmögliche Szenario gewesen, das ich erwartet hätte. Ich drehte meinen Kopf nur kurz zu den Männern, die mir leicht zunickten und somit die Wahrheit der Worte deutlich machten.

„MacDonald, der Lappen, ist Simons Bruder. Komm sofort von dem verdammten Pferd runter."

Jetzt, da es offensichtlich war, war auch die Ähnlichkeit zu sehen. Oh je. Ich war in Schwierigkeiten.

Für einen kurzen Augenblick schaute ich nach unten auf Ian und konnte in seinem Blick, an seinem Kiefer und dem Ton seiner Stimme erkennen, dass ich tief im Schlamassel steckte. Ich warf ein Bein über den Sattel und Ian half mir vom Pferd, nahm meine Hand und zog mich einige Meter weit weg zu einem großen Felsen, der nur einer von vielen war, die die schroffe Landschaft ausmachten. Er setzte sich hin und zog mich abrupt mit dem Bauch nach unten über seine Knie.

„Ian!" schrie ich noch bevor die Luft aus meinen Lungen mit einem lauten Schlag entweichen konnte. Ich hatte erwartet, dass er mir eine Umarmung, einen Kuss geben würde, etwas, was die Dürre der Aufmerksamkeit, die die Tage, die er weg gewesen war, gebracht hatte, beendete.

Ohne großes Gerede zog er meinen Rock hoch über meinen Rücken und entblößte meinen nackten Arsch, so dass Ian und die drei Männer ihn sehen konnten. Er sprach nicht und wartete nicht, sondern schlug mich nur – feste – auf meinen ganzen Arsch, so dass das Fleisch dort und auf dem oberen Teil meiner Schenkel vor lauter Hitze prickelten.

„Du wirst dich keiner Gefahr mit kompletter Missachtung nähern."

Klatsch!

„Du bist alleine hergekommen."

Klatsch!

„Ein Gewehr zu schwenken, das man dir hätte entreißen und problemlos gegen dich verwenden könnte."

Klatsch!

„Hast du Mason und mich für so schwach gehalten, dass wir uns nicht gegen zwei Männer hätten verteidigen können?"

Klatsch!

„Wo zum Teufel ist Kane?"

Klatsch! Klatsch! Klatsch!

Ich begann zu weinen und ergriff die langen Grashalme der Sommerweide. Die brennenden Schläge ließen mich schlaff und zerknirscht. Ich *war* in vermeintliche Gefahr geritten, ohne mich um meine eigene Sicherheit zu kümmern. Ich hatte ein Gewehr auf zwei Männer gerichtet, die mir überlegen waren und mich leicht genug überwältigen konnten. Ich war eigenwillig und verzweifelt gewesen.

„Sie wollten dich entführen!" rief ich schniefend.

„Sie ist eine kleine Wildkatze, junger Mann." Die Stimme kam von hinten. Oh, die Männer! Ich hatte vergessen, dass sie da waren und mit Sicherheit bei meiner Bestrafung zusahen.

„Ich würde mich freuen, wenn mich ein kleines Mädel so verteidigen würde." Die Stimme eines anderen Mannes brach den Klang, den Ians Hand auf meinem empfindlichen Fleisch hinterließ.

„Das würdest du, aber dann würdest du ihren Arsch genauso versohlen wie Ian."

Tränen liefen meine Wangen hinunter, während Ian weitermachte. Meine Erniedrigung war nicht nur dadurch vollständig, dass diese Fremden Kommentare über mein Elend abgaben, als ob es nichts wäre, sondern auch durch den Klang der Pferde, die herankamen und mir somit mitteilten, dass die Männer von der Ranch mich ebenfalls so sehen würden.

Ich konnte die Männer reden hören, aber verstand die Worte nicht, da ich in eine Welt eintauchte, in der die Prügel keinen Schmerz, sondern Nebel darstellten, obwohl jeder Schlag heftig genug war. Ich hatte mich ergeben. Ich war außer Kontrolle und nur Ians Gnade und seiner Hand, seiner Wut und seiner Angst ausgeliefert. Moment mal. Seine Wut kam aus seiner Angst um mich. Seine Bestrafung war dazu da, sicherzustellen, dass ich vollständig und gesund war, aber auch, um seine Nerven zu beruhigen, da ich hätte zu Schaden kommen können, wenn ich mich schändlicheren Männern genähert hätte.

„Bist du fertig?"

Kane.

„Jawohl."

„Gut. Ich bin dran."

Die Prügel fing noch einmal an. Dieses Mal war es Kanes Handfläche, allerdings fügte er dem ganzen nur fünf Schläge hinzu.

Meine Welt war auf den Kopf gestellt und ich landete schwindelig auf Ians Schenkeln. Bei dem Kontakt atmete ich zischend aus. Mit meinen Händen wischte ich die Tränen von meinen Wangen und schniefte. „Ich...Es tut mir leid", murmelte ich und versuchte mich zu fangen.

Kane kniete sich neben mich. „Du hast mich um zehn Jahre älter werden lassen, als Ann uns gesagt hatte, wo du hin bist."

„Wirst du mich noch einmal schlagen?" fragte ich und blickte zwischen beiden Männern hin und her. Sie schauten mich mit einer Mischung aus Furcht und Zorn an. Kane atmete schwerfällig und ich sah, wie sich Schweißperlen auf seiner Augenbraue formten.

„Nee", sagte er, „Ich werde dich ficken." Ich konnte die Wahrheit in seinen Worten hart auf meinem Hintern spüren.

„Jetzt? Hier?" Da waren zwei Fremde, die mit Ian und

Mason angekommen waren. Von der Ranch waren es Brody, Simon und Cross. Simon und sein Bruder umarmten sich und klopften sich gegenseitig und entgegenkommend auf den Rücken. Sie waren offenbar froh, sich nach so vielen Jahren wiederzuhaben.

„Jetzt. Hier", wiederholte Ian. Er schob mich auf seinen Schoß, so dass ich immer noch rittlings auf seinen Schenkeln saß, aber diesmal mit meinen Knien neben seinen Hüften. Kane griff nach dem Saum meines Kleides und zog es nach oben um meine Taille und aus dem Weg. Indem er zwischen uns griff, machte Ian seine Hose auf und nahm seinen erregten Schwanz heraus. Ohne überhaupt darüber nachdenken zu können, was wir tun würden, hob er mich an der Taille hoch und setzte mich direkt auf seinen Schwanz und füllte meine Pussi in einem weichen Zug.

„Oh!" Ich schrie auf und fühlte mich so erfüllt und so überrascht darüber wie feucht ich war. Ich wollte mich auf ihm auf und ab bewegen und seinen Schwanz für mein Vergnügen benutzen, aber er ließ es nicht zu. Er hielt mich an der Taille fest und in Position, während er seine Hüften bewegte. Er stieß in mich ein und benutzte mich.

„Nein! Die Männer schauen zu." Ich drückte mich gegen seine Schultern und versuche, mich hochzudrücken. Das Gefühl, ihn in mir zu spüren, war...köstlich, aber mir war es nicht Recht, dass man uns zuschaute, so entblößt wie ich es war. „Es...es ist privat!"

„Hör auf, Baby." Kanes Stimmte schnitt durch meine Panik hindurch. „Die Männer, sie sind weg." Ich ergriff Ians Hemd und drehte meinen Kopf. Ich sah die Rücken der sich zurückziehenden Männer auf ihren Pferden. „Das hier ist kein Kindertheater. Deine Bestrafung galt deinem rücksichtslosen Verhalten und dabei haben sie zugesehen und sie wissen, dass du nun Reue zeigst und dein Leben oder die Leben anderer, nicht mehr aufs Spiel setzen wirst. Aber das Ficken mussten sie nicht sehen."

Ich entspannte jeden angespannten Muskel, was mich immer mehr auf Ians Schwanz sinken ließ. Er stieß gegen meine Gebärmutter und ich stöhnte.

„Du darfst noch nicht kommen, Emma." Ian nahm mich hart und füllte mich grob. Mein Atem entkam mit jedem Stoß. „Mach ihr Kleid auf. Ich will ihre Brüste sehen."

Kane stellte sich hinter mich, griff um mich und riss mein Mieder auf, so dass viele kleine Knöpfe durch die Luft flogen. Kane befreite meine Brüste, indem er mit seinen Händen tief in mein Korsett langte.

„Oh, schau dich an. Ich liebe es dir dabei zuzuschauen, wie du so richtig gut gefickt wirst", flüsterte Kane in mein Ohr.

„Du bist so wunderschön. Kannst du spüren, wie sehr dich Ian will? Wie sehr er dich vermisst hatte? Wie hoffnungslos er war, als du ihn retten wolltest?"

Meine Brüste wackelten mit jedem harten Klaps meiner Schenkel gegen seine. Der Klang meiner Erregung, feucht und glatt, füllte die Luft.

„Du darfst nicht kommen, Emma", warnte Kane.

Mein Kopf fiel zurück, meine Augen waren geschlossen und ich keuchte. „Warum?" Ian sog einen Nippel in seinen Mund, zeichnete darauf und zog die Spitze fest zusammen.

„Du musst wissen, wie wild ich war, als ich dich den Abhang hochjagen sah", knurrte Ian gegen meine Brust. Sein kurzer Bart war weich und gleichzeitig stachelig und steigerte meine Empfindlichkeit nur noch mehr. „Wie hoffnungslos ich war. So außer Kontrolle. Es ist nicht deine Aufgabe, mich zu retten. Es ist deine Aufgabe, sicher zu bleiben oder du wirst mich wahnsinnig machen."

Seine Hände griffen fester um meine Taille, als er mich tiefer auf sich zog. Sein Schwanz wurde immer dicker in mir, als er kam und er seine heißen Samen in mein Inneres ergoss.

Seine verschwitzte Stirn drückte gegen meine Brüste, als er wieder zu Atem kam und er seinen sicheren Griff lockerte. Nicht, dass ich irgendwelche Absichten hatte, mich zu bewegen. Sein Schwanz füllte mich aus und nur er konnte mir diese Erfüllung geben, die ich wollte. Ich drückte meine inneren Muskeln um ihn herum zusammen und spürte mein Verlangen, aber es war nicht genug für mich, um zu kommen. Es schien ganz so, als würde es nicht passieren. Selbst das Bewegen meiner Hüften brachte mich dem Höhepunkt nicht näher.

„Ist sie bereit?" fragte er und ich konnte seinen heißen Atem auf meiner Brust spüren.

„Ja", antwortete Kane.

Er hob seinen Kopf und sah mich an. Sein Verlangen zeichnete sich in seinem Gesicht ab und seine Erregung war in seinen hellen Augen zu erkennen. „Dein Arsch ist bereit für mich, Emma?"

Ich drückte noch einmal um seinen Schwanz. Die Vorstellung, dass er mich so wie sie es geplant hatten, nehmen würde, ließ meine Erregung noch weiter auflodern. Ich war so verzweifelt, so bedürftig, um zu kommen und Ians Schwanz war in mir vergraben und still zu halten war reine Tortur. „Ja." Ich wiederholte Kanes Worte.

Ian zupfte an einer langen Strähne meines Haars.

„Dann ist es an der Zeit."

17

an

Ich wusch den Schmutz und den Schweiß der anstrengenden Tage zu Pferd ab. Das Wasser in der Wanne war kalt, aber es war egal. Emmas Rufe der Lust und ihr Flehen flogen aus Kanes Schlafzimmer durch die Luft. Nachdem ich mich davon erholt hatte, sie gefickt zu haben – und von dem Schrecken, den mein Herz verspürt hatte, als ich sie galoppieren und ein Gewehr schwenken sah –, hatte ich sie für den Ritt zurück zum Haus über meinen Schoß geworfen. Ich hatte keine Angst um ihre Sicherheit gehabt, da wir ihr nicht wehtun würden, aber zu wissen, dass sie etwas so Gefährliches getan hätte, wenn ich wirklich in Schwierigkeiten gewesen wäre, machte mich zornig. Sie hatte keinen Gedanken an ihre Sicherheit verschwendet. Sie wusste nicht, wie viel sie mir bedeutete.

Mason hatte gewartet, um sich um die Pferde zu kümmern, während Kane und ich uns um unsere Frau kümmerten. Sobald wir oben waren, zogen wir uns komplett aus und banden ihre Hände sofort an das Messingkopfende des Bettes.

Dies geschah nicht ohne Fragen oder Widerspruch von Emma, die sich vehement entschuldigte und protestierte. Sie würde so etwas Gefährliches nicht wieder tun. Während ich badete, kümmerte sich Kane um ihren Körper, und stellte sicher, dass sie erregt blieb, aber trotzdem nicht kommen würde. Prügel war ihre Bestrafung, zu Recht, aber, sie mit Vergnügen zu quälen, war ein Zusatz, den ich genoss, während ich meinen Körper säuberte.

Als ich zufällig auf MacDonald und auf McPherson in Bozeman gestoßen war, hatte ich eine töten-oder-getötet-werden-Situation erwartet. Es gab keine Chance, dass ich nach England zurückkehren würde. Es gab einfach keine Chance. Wenn mich Evers tatsächlich persönlich aufgespürt hatte, würde er mich am Leben lassen, um solch eine Reise zu machen. Als ich herausgefunden hatte, dass die Männer, von denen Simon gehört hatte, meine Freunde waren, war die Erleichterung groß gewesen. Zu erfahren, dass sie in Montana Territory leben wollten, um neu anzufangen, machte mich nur glücklich. Ich bin mir sicher, dass Simon die Ironie darin erkannt haben musste, dass einer der Männer, über die er mich alarmiert hatte, in der Tat sein Bruder war.

Und so kamen wir als fröhliche Gruppe zurück, bis Emma wie Boudica den Hang hinaufeilte, voller Schönheit und heftigem Beschützerinstinkt. Dieser Mangel an persönlicher Sicherheit bestätigte, dass sie mich als den ihren betrachtete, genauso wie ich sie als die meine betrachtete. Die Erkenntnis ließ mich grinsen. So saß ich also nackt mit meinen Knien quasi an den Ohren in der kleinen Wanne. Sie hatte nicht gesagt, dass sie uns liebe, aber ihre Handlungen sprachen dafür. Sie wäre die Gefahr nicht eingegangen, wenn es ihr egal gewesen wäre. Ich fühlte mich wohl. Zum ersten Mal seit...Jahren. Evers war immer noch eine Bedrohung, aber ich konnte nicht in ständiger Angst vor diesem Mann leben. Ich könnte jedoch den Rest meiner Tage mit Emma an meiner

Seite, zwischen mir und Ian, verbringen. Ich war, was sie anbetraf, besitzergreifend, vielleicht sogar etwas zu sehr, aber das war es, was ein Ehemann für seine Frau spürte. Beschützertum, Besitztum und Anzeichen von Liebe. Ich beendete mein Bad mit zusätzlicher Eile und kam zu meiner Familie zurück.

Kane hatte ihre Beine gespreizt und die Knie angewinkelt. Seine Hand zwischen ihren Schenkeln, und zwei Finger, die in ihrem Arsch steckten. Ich stand im Türrahmen und trocknete mich ab. Von hier aus konnte ich sehen, dass er sicherstellte, dass sie vollständig mit dem Gleitgel eingeschmiert war.

Emma war atemberaubend. Ihre Augen waren geschlossen, ihr Kopf nach hinten gelehnt und ihr Mund stand offen. Die kastanienbraunen Locken breiteten sich auf dem Kissen hinter ihrem Kopf aus, während ihre Arme über den Kopf gestreckt und an den Handgelenken gesichert waren. Diese Position ließ ihre Brüste nach vorne stehen. Ihre Nippel waren fest und kirschrot. Vielleicht war das Stöhnen, das ich aus der Wanne gehört hatte, von Kane gewesen, der mit diesen süßen Knospen spielte. Das Seil gab etwas in der Länge nach, aber die Knoten, die sie sicherten, reichten aus. Sie war genau da, wo wir sie haben wollten.

Kane schaute mit starrem Blick zu mir, aber sein Verlangen war in der Härte seines Schwanzes offensichtlich. Irgendwann hatte er sich auch ausgezogen. „Sie ist bereit."

„Ja, bitte. Ian, ich muss kommen!" Emma bettelte und ihr Atem war abgehackt und schwerfällig.

Kane legte sich neben Emma, Seite an Seite. Ich kniete auf dem Bett, hob Emma an und drehte sie um, so dass sie über Kanes Taille lag und ein Knie auf jeder Seite seiner Hüften hatte. Da ihre Handgelenke gefesselt waren, konnte sie sich nicht bewegen. Kane schob seinen Kopf zwischen ihre Arme. Als ich nach dem Glas mit dem Gleitgel griff, brachte Kane Emma in die richtige Position und zwang sie nach unten auf seinen Schwanz. Mein Samen von ihrem früheren Fick erleichterte die Sache und beide machten Töne des Vergnügens.

Meine Finger beschichtend prüfte ich ihr festes rosafarbenes Fältchen. Es war Tage her gewesen, seit ich sie da berührt hatte, aber Kane hatte mit vergewissert, dass sie bereit war. Ich nahm mir einen Moment, um zu spielen und kreiste mit meinen Fingern über die glatte Öffnung und drückte gegen den engen Ring. Als meine Finger ohne viele Mühen eindrangen, wusste ich, dass er Recht hatte. Das Gefühl von ihr – so eng – und mit Kanes Schwanz direkt daneben und von meinen Fingern nur mit einer dünnen Membran getrennt, verursachte, dass sich mein Hoden zusammenzog und sich mein Bedürfnis, sie zu nehmen, intensivierte.

„Oh Gott", stöhnte Emma.

„Es ist an der Zeit, Baby. Zeit, dich zu unserer zu machen. Gemeinsam."

„Ja!" schrie sie, während Kane seine Hüften weiter gegen sie stieß.

Ich cremte meinen Schwanz mit mehr Gleitgel ein und drückte das breite Ende gegen ihr jungfräuliches Loch. Es war noch nicht lange her, dass ich sie genommen hatte, aber mein Schwanz pulsierte schon wieder, schrie danach, noch einmal ihre Muskeln um mich zu spüren. Vorsichtig und langsam drückte ich mich vor und ich wusste, dass mein Schwanz länger war als alle Stöpsel, die Kane bisher benutzt hatte, während ich weg war. Sie mochte sich vielleicht daran gewöhnt haben, dass sie etwas ausfüllte, aber ein Schwanz war doch etwas anderes. Grösser, tiefer und zweifellos härter.

Ich strich mit einer Hand ihren Rücken entlang und beruhigte sie, während ich Worte der Ermutigung sprach. *Gutes Mädchen. Du gehörst jetzt uns. Ah, mein Schwanz ist in dir. Entspann dich.* Sie nahm noch einen weiteren Zentimeter. *Solch ein hübscher Anblick, der beide unsere Schwänze nahm. Atmen, Baby. Das ist es. Ich bin komplett drin.*

Sie war komplett gefüllt. Kleine, quäkende Geräusche kamen aus ihrem Hals, aber sie blieb ganz ruhig. Ich traf Kanes Blick. Sein Kiefer war angespannt und er kämpfte zweifellos genauso wie ich dagegen an, in sie hineinzupumpen. Wir beide gaben ihr einen Moment, sich zu sammeln und sich daran zu gewöhnen, dass wir sie so ausfüllten. Ihr Rücken fühlte sich gegen die harte Linie an meiner Brust so seidig weich an. Kane hob seine Hände an, um ihre Brüste zu umfassen, und seine Daumen über ihre empfindlichen Spitzen zu reiben. Da ihre Hände gefesselt waren, konnte sie nichts anderes tun als das, was wir ihr gaben, zu akzeptieren.

„Dein Schwanz ist so groß. Ich bin so tief gefüllt. Ich...Ich weiß nicht, was ich tun soll", wimmerte sie. Ihre blasse Haut war von einem Hauch Feuchte überzogen und ihre Haare klebten daran. Sie leckte ihre Lippen und hielt ihre Augen geschlossen.

„Du musst nichts tun, Baby. Es ist Zeit, dass wir uns um dich kümmern", sagte Kane. Er bot mir ein kurzes Kopfnicken an und bewegte sich, zog sich zurück und fast aus mir heraus, aber drang dann wieder ein. Wie er das so tat, zog ich mich zurück, also arbeiteten wir im Gegensatz zueinander, so dass sie stets gefüllt war, wenn sich einer zurückzog. Wir hielten ein langsames Tempo ein, ein gleichbleibendes, Verstand raubendes Tempo. „Da gehörst du hin. Zwischen uns. Du wurdest dafür erschaffen, von unseren Schwänzen gefüllt zu werden. Du gehörst uns, Baby."

„Uns", wiederholte ich knurrend.

Emma war verloren, wild, verlassen. Sie schrie auf und Tränen kullerten an ihren Wangen hinunter, während sie ihre Brüste gegen Kanes Handflächen drückte. Wir hörten nicht auf und gaben ihr keine Zeit, Luft zu holen. „Ja!"

„Komm, Baby. Dein Vergnügen gehört uns. *Du* gehörst uns.

Sie kam auf mein Kommando und schrie so laut, dass die Männer im Stall sie gehört haben mussten. Ihr Körper zog sich zusammen und pulsierte um meinen Schwanz, was mich auch direkt zum Höhepunkt trieb. Ihr Arsch zog sich eng zusammen und ich konnte mich nicht mehr beherrschen. Mein Samen füllte sie ab. Kane folgte ebenfalls und zog sie nach unten auf seine Brust. Während wir miteinander verbunden waren, gaben wir ihr die Möglichkeit sich zu sammeln.

EMMA

Ich musste eingedöst sein, denn als ich wieder aufwachte, war ich an Kane gekuschelt und Ian drückte sich gegen meinen Rücken. Mein Körper fühlte sich leer an, da ihre Schwänze nicht da waren. Allerdings konnte ich noch die Reste ihrer Erleichterung spüren: Klebrig und warm in meiner Pussi und an meinen Schenkeln. Meine Hände wurden befreit. Der Raum war vom Tageslicht erhellt, und es war schon fast Zeit für das Mittagessen. Wir waren im Bett und lagen an einem Tag im Sommer auf der Ranch, wo es viel zu tun gab, nur herum. Es fühlte sich...dekadent an. Ich schwelgte in dem Gefühl, von beiden Männern umgeben zu werden.

Ian war zu Hause. Er war sicher.

Kane küsste mich auf die Stirn und ich konnte Ians Hand auf meinem Rücken spüren.

„Du wirst nie wieder versuchen, mich zu retten, Emma", sagte Ian, bevor er meine Wirbelsäule küsste.

„Wir sind hier, um dich zu beschützen. Es gibt zwei von uns, aber nur eine von dir", fügte Kane hinzu.

„Aber du bist unersetzlich!" Verstanden sie nicht, dass ich beide wollte?

„Ah, Liebes", atmete Ian, „Es ist unsere Aufgabe, dich zu beschützen, um dich zu besitzen, so wie wir es getan haben."

„Ich kann spüren wie dein Beschützerinstinkt aus mir heraustropft", antwortete ich trocken.

„Mmm, ja. Es ist ein schöner Anblick."

Ich kreise sachte mit meinen Fingern durch die weichen Haare auf Kanes Brust. „Wenn es deine Aufgabe ist, mich zu beschützen, was ist dann meine Aufgabe?"

Kane zog sich zurück und drehte mich um, so dass ich auf meinem Rücken zwischen ihnen lag. Er schob seine Hand zwischen meine Schenkel und durch ihre vermischten Samen. Ich schaute in seine dunklen Augen. Jedes Anzeichen von Wut, von Lust, war weg. Stattdessen erkannte ich definitiv die Besitzgier, von der er sprach. „Um unseren Samen zu nehmen. Wieder und wieder, bis es Wurzeln schlägt und du unser Kind in dir trägst."

Ian stützte sich auf einen Ellbogen auf meiner anderen Seite ab und schaute an mir runter. „Weißt du, ob das genug ist, um ein Baby zu machen, Liebes? Wir sind eine Familie und bald, hoffentlich sehr bald, eine größere Familie. Nichts wird uns trennen."

„Nichts", wiederholte Ian.

„Was ist mit den Anderen?"

Kane runzelte die Stirn. „Du fragst nach den anderen Männern, während Ian mit deiner Fotze spielt?"

„Sie müssen ihre eigenen Frauen finden", murmelte Ian. „Vielleicht, Kane, haben wir nicht es nicht deutlich genug gemacht, sie daran zu erinnern, wem sie gehört."

Er steckte einen Finger in mich und ich seufzte: „Ich...ich erinnere mich."

„Ich bin mir nicht sicher", erwiderte Kane, „Es ist nicht nur deine Aufgabe, das Baby zu machen. Es ist auch die Aufgabe eines Mannes, dich mit Samen zu füllen, um es zu tun."

„Ich...Ich würde nicht wollen, dass du deinen Pflichten nicht nachkommst", sagte ich und schloss meine Augen, als ich meine Beine weit spreizte.

Ian wanderte zwischen meine Beine und füllte mich mit einem einfachen Stoß. „Ich werde nie genug bekommen, Liebes."

Ich konnte seinen Atem in meinem Nacken spüren.

„Niemals", fügte Kane hinzu.

„Niemals", flüsterte ich, als mich mein Mann noch einmal forderte.

HOLEN SIE SICH IHR KOSTENLOSES BUCH!

TRAGEN SIE SICH IN MEINE E-MAIL LISTE EIN, UM ALS ERSTES VON NEUERSCHEINUNGEN, KOSTENLOSEN BÜCHERN, SONDERPREISEN UND ANDEREN ZUGABEN ZU ERFAHREN. SIE ERHALTEN EIN KOSTENLOSES BUCH FÜR IHRE ANMELDUNG! TRAGEN SIE SICH IN MEINE E-MAIL LISTE EIN, UM ALS ERSTES VON NEUERSCHEINUNGEN, KOSTENLOSEN BÜCHERN, SONDERPREISEN UND ANDEREN ZUGABEN ZU ERFAHREN. SIE ERHALTEN EIN KOSTENLOSES BUCH FÜR IHRE ANMELDUNG!

kostenlosecowboyromantik.com

ÜBER DIE AUTORIN

Vanessa Vale ist eine USA Today Bestseller Autorin von über 40 Büchern. Dazu zählen sexy Liebesromane, einschließlich ihrer bekannten historischen Liebesserie Bridgewater, und heißen zeitgenössischen Romanzen, bei denen dreiste Bad Boys, die sich nicht nur verlieben, sondern Hals über Kopf für jemanden fallen, die Hauptrollen spielen. Wenn sie nicht schreibt, genießt Vanessa den Wahnsinn zwei Jungs großzuziehen, findet heraus wie viele Mahlzeiten man mit einem Schnellkochtopf zubereiten kann und unterrichtet einen ziemlich guten Karatekurs. Auch wenn sie nicht so bewandert in Social Media ist wie ihre Kinder, so liebt sie es dennoch, mit ihren Lesern zu interagieren.

BookBub

www.vanessavaleauthor.com

HOLE DIR JETZT DEUTSCHE BÜCHER VON VANESSA VALE!

Du kannst sie bei folgenden Händlern kaufen:

Amazon.de
Apple
Weltbild
Thalia
Bücher
eBook.de
Hugendubel
Mayersche

www.ingramcontent.com/pod-product-compliance
Lightning Source LLC
LaVergne TN
LVHW011832060526
838200LV00053B/3979